最后一次讲演

闻一多 著

四川人民出版社

图书在版编目（CIP）数据

最后一次讲演 / 闻一多著 . -- 2 版 . -- 成都 : 四川人民
出版社 , 2021.4

ISBN 978-7-220-12227-9

Ⅰ . ①最… Ⅱ . ①闻… Ⅲ . ①中国文学—现代文学—
作品综合集 Ⅳ . ① I216.2

中国版本图书馆 CIP 数据核字（2021）第 047845 号

ZUIHOUYICIJIANGYAN

最后一次讲演

闻一多　著

出 版 人	黄立新
责任编辑	王其进
封面设计	李其飞
出版融合统筹	张明辉　袁 璐
责任印制	祝 健
出版发行	四川人民出版社（成都市槐树街 2 号）
网 址	http://www.scpph.com
E-mail	scrmcbs@sina.com
新浪微博	@ 四川人民出版社
微信公众号	四川人民出版社
发行部业务电话	（028）86259624 86259453
防盗版举报电话	（028）86259624
印 刷	自贡市华华广告印务有限公司
成品尺寸	170mm×235mm 1/16
印 张	13
字 数	190 千
版 次	2021 年 7 月第 2 版
印 次	2021 年 7 月第 1 次印刷
书 号	ISBN 978-7-220-12227-9
定 价	28.90 元

搭应试教育的船，读传世经典的书

经过多年的编写和试用，2019 年秋季，全国中小学将统一使用新的语文教材。温儒敏先生主编的语文教材，革新了我们对语文教学的认识，也为中学生的语文学习指明了方向。概而言之，就是要大量阅读，"多读书，好读书，读好书，读整本的书"，培养阅读兴趣，扩大阅读面，养成良好的阅读习惯。阅读既可以为一生的发展打底子，也有利于考试拿到好成绩。

因此，新版语文教材，除了作为老师的"教读"文本，精选了许多经典的篇目外，还提供了丰富的延展，列出来许多指定阅读或推荐阅读的书目。这一部分书目，更强调"自读"。

如何自主阅读，温儒敏先生也提供了一些方法，如"自由阅读""连滚带爬阅读""反复诵读"等。但无论如何，初中阶段的阅读，还是需要"搭上应试教育的船"，这是"巨大的现实"。

根据新版初中语文教材所推荐阅读书目及课文中所收作者作品和"巨大的现实"，我们策划出版了一系列语文教材配套阅读名著，有如下几个特点。

一、紧扣教材，原版全本

本书系二十余种具体到每一年级的上册或下册，或为指定阅读、推荐阅读，或为收入课本作者的作品延伸，都是初中学子应知应读的经典名著。而这些经典名著，除了《诗经》《史记》等少量古代经典考虑学生接受程度做了篇目精选，大部分图书都是原版全本收录，拒绝改写、缩写。

二、名师指导，提供阅读方法

经典，不是我们正在读的，而是我们反复读的。但是初次阅读经典，仍需要好的指引。因此，本书系在栏目设置上，特别添加了"本书导航""读书方法指导""专题探究""名师点评""阅读鉴赏""知识拓展""考题链接""读后感""真题汇编"等栏目，帮助读者节约阅读时间，掌握正确的阅读方法，扩大阅读面，养成良好的阅读习惯。

三、精读与泛读相结合

本书系根据语文教材编写特点，邀请一线工作的著名语文教师，在容易考查的重点篇目上加旁注，提供"名师点评""思考探究"等栏目逐字逐句加以精读，全书还有疑难字词的注音注释，做到精读与泛读相结合，指导阅读与自由阅读相结合。

四、爬梳考点，提高得分能力

本书系邀请著名语文教师，全面梳理全国各地近五年中考试题，与名著内容进行比对，通过"考题链接""真题汇编"等方式，对相关考点进行针对性训练，切实提高读者的应试得分能力。

大文豪伏尔泰说，当我们第一遍读一本好书的时候，我们仿佛觉得找到了一个朋友；当我们再一次读这本书的时候，仿佛又和老朋友重逢。

希望这套书能成为陪伴大家度过这漫长三年的好朋友。

2019 年 11 月

本书导航

● 认识作者

闻一多（1899 — 1946），本名闻家骅，字友三，生于湖北省黄冈市浠水县，中国现代伟大的爱国主义者，坚定的民主战士，中国民主同盟早期领导人，中国共产党的挚友，新月派代表诗人和学者。

1912 年，13 岁的闻一多以复试鄂籍第一名的成绩考入清华大学留美预备学校，1916 年开始在《清华周刊》上发表系列读书笔记。1919 年五四运动爆发，闻一多毅然投身于这一伟大斗争中，发表演说，创作新诗，成为"五四"新文艺园中的拓荒者之一。1922 年 7 月，他赴美国留学，在留学期间创作了《七子之歌》。1928 年 1 月出版第二部诗集《死水》。1932 年闻一多离开青岛，回到母校清华大学任中文系教授。1946 年 7 月 15 日在云南昆明被国民党特务暗杀。

● 艺术特色

闻一多的《最后一次讲演》，包括 5 篇演讲，11 篇散杂文，34 首诗歌。闻一多的演讲，充满激情，极富感染力；闻一多的散文，语言优美，层次清晰；闻一多的杂文，条分缕析，说服力强；闻一多的诗歌，讲究音乐美、建筑美、绘画美，多用比喻、拟人、反问、反复、象征等手法，可读性强，适合朗诵，耐人咀嚼，让人为之拍案。

读书方法指导

- **方法一**：画线批注法。

  画线批注法，就是对重要的句子、词语给以画线，对能够给人启发的文字或者是使用了写作手法的地方给以批注。对于演讲、杂文而言，我们在阅读时，将中心论点、分论点都画出来，将作者使用的论证方法都给以批注。读完之后，再回过头来对我们画线的地方、批注的地方加以浏览，这样，就能够从整体上把握所读文章了。

- **方法二**：两相对比法。

  两相对比法，就是将同一题材的文章对比阅读，找出异同，并分析产生异同的原因。以青岛为题材的散文不少，比如老舍的《五月的青岛》，朱自清的《南行杂记》等。我们在阅读闻一多先生的散文《青岛》时，不妨将这几篇对比阅读，看这些作家各是从什么角度对青岛进行描写的，又描写了青岛的哪些景物，运用了什么手法等。通过比较阅读，我们一定会有自己独到的发现，从而提高自己的阅读水平和写作水平。

- **方法三**：咬文嚼字法。

  诗歌或散文，有些字眼往往有深刻含义，或者是有弦外之音，这时候就需要抓住相关字眼，结合语境，或者是结合作者的写作背景，仔细体味，这便是咬文嚼字法。比如闻一多的诗歌《七子之歌》中的《台湾》，其中两句是"母亲，酷炎的夏日要晒死我了；赐我个号令，我还能背城一战"。这里的"夏日"，表面上是指夏天的太阳，实质是一语双关，"日"是指日本。

● 方法四：高声朗读法。

对于诗歌来说，仅仅默读是不够的，还需要大声朗读，而且是反复朗读。在朗读的过程中，我们不仅可以感受其鲜明的节奏、和谐的音韵，而且能够被作者所抒发的思想感情所感染。比如闻一多的诗歌《一句话》，几乎是句句用韵，读来朗朗上口，有一种韵律美。

专题探究

● 专题一：闻一多演讲的特点

闻一多是诗人、学者，也是演讲家。作为大学教授，闻一多懂得怎样表达感情，感染听众，折服听众。请试着总结闻一多演讲的特点。

1. 抨击黑暗，追求民主和进步。1945年抗战胜利后，国民党反动派挑起内战，昆明大中学校学生以罢课的方式表达反内战主张。12月1

日上午，国民党反动派屠杀爱国师生，造成震惊全国的"一二·一"惨案。惨案发生后，时任西南联大教授的闻一多先生义愤填膺，发表了题为《兽·人·鬼》的演讲。1946年7月11日，爱国民主战士李公朴先生在昆明遇害。云南大学召开追悼大会，在李公朴夫人血泪控诉的过程中，混入会场的国民党特务说笑取闹，扰乱会场。闻一多先生忍无可忍，拍案而起，满腔悲愤地发表了演讲，这就是《最后一次讲演》。前篇演讲，称反动派为"兽"，称反动派的帮凶为"鬼"，后篇演讲则当面怒斥国民党特务杀害李先生的暴行，表现了作者追求民主和进步的无所畏惧、大义凛然的革命精神。这两篇演讲，都是战斗的檄文。

2. 充满激情，富有强烈的鼓动性。闻一多的演讲总是充满激情，富有非常强烈的鼓动性。以《最后一次讲演》为例，闻一多在文中多次使用感叹句，使用连续反复，使用对比手法，让人读来感觉有排山倒海之气势，不容置辩！

到了激昂之处，闻一多的感情用语言无法表达，便代以肢体语言，比如"捶击桌子"。可以说，这是一种情感愤怒到极点的声音。这样的演讲，自然富有极强的感染力。

● 专题二：闻一多诗歌中的爱国主义精神

爱国主义是贯穿闻一多诗歌创作的一条红线。闻一多自己也说过："诗人的主要天赋是爱，爱他的祖国，爱他的人民。"闻一多诗歌的爱国主义精神表现在哪些方面？

1. 表现在对祖国怀有真挚的思念之情。这类诗歌多写于诗人留学美国期间。比如《太阳吟》，用充满浪漫色彩的奇妙的想象抒发了对祖国的思念之情："太阳啊——神速的金乌——太阳！/让我骑着你每日绕行地球一周，/也便能天天望见一次家乡！"其次，在对比中，抒发对故国的无限思念之情："太阳啊，这不像我的山川，太阳！/这里的风云另带一般颜色，/这里鸟儿唱的调子格外凄凉。"总而言之，对祖国的思念之情表达的手法是多种多样的。

2.表现在对旧中国黑暗现实的彻底批判。这类诗歌多写于诗人从美国留学回国后。比如《死水》，死水，是自然的，更是社会的，也就是说，诗人在这里用了象征手法，将黑暗腐朽的旧中国比作死水，而且是"一沟绝望的死水"。所谓"绝望"，也就彻底地让人看不到希望。俗话说，爱之深，才恨之切。也正因为让人绝望，所以诗人在诗歌末尾才有愤激之语："不如让给丑恶来开垦，/看他造出个什么世界。"

3.表现在具有鲜明的反帝倾向与强烈的民族意识。比如他的《七子之歌》把当时被俄、英、日、葡、德、法等帝国主义侵占的我国七个地方比作祖国的七个儿子，借七个儿子的口历数侵略者的罪行，抒发了民族恨和爱国情，催人醒悟，激人奋起。

4.表现在具有作为一个中国人的强烈的自豪感。比如他的《我是中国人》，第一小节是："我是中国人，我是支那人，/我是黄帝的神明血胤，/我是地球上最高处来的，/帕米尔便是我的原籍。"诗人连续使用4个"我是"，点明自己的身份，字里行间充满着作为中国人的自豪感。这首诗每小节4行，共16小节，写我们拥有悠久的历史、幅员辽阔的国土，字里行间洋溢着作为一个中国人的骄傲之情。

● 专题三：闻一多的诗歌理论

在现代诗人中，唯一一个有成熟的诗歌理论，且能够模范实践自己的诗歌理论的就是闻一多。他在《晨报副刊·诗镌》上发表文章，系统地表达了新格律诗要有绘画美、建筑美、音乐美的主张，反映了新诗发展历史的要求，促进了中国新诗艺术的发展。请概括闻一多的诗歌理论。

1.绘画美。闻一多所主张的绘画美，是指所写诗歌，要有意境，给人以画面感。从绘画美方面来考察，闻一多许多诗都像彩色鲜明的图画，辞藻繁丰，色彩明丽。所以臧克家说："闻先生的诗，有斑斑斓斓、使人目迷五色的感觉。"因为，"闻先生是美术家，在美国留学的时候，先是学绘画，后来才把兴趣转到文学方面来。懂得这一点，足以说明他诗里何以色彩如此鲜亮。"

2.建筑美。闻一多所主张的"建筑的美"，是指诗的形体要整齐美观，他认为"中国艺术最大的一个特质是均齐，而这个特质在其建筑与诗中尤为显著"。因此，闻一多把诗中节的匀称和句的均齐称之为建筑美，并把它作为新格律诗的一种要求，在形式上加以规范，对当时新诗创作中的散文化倾向是一个有力的匡正。闻一多在《诗的格律》中还强调指出了提倡新诗的建筑美并不是一种复旧的现象。他说："律诗永远只有一个格式，但是新诗的格式是层出不穷的。"就闻一多诗的形体而言，就不下十几种。

3.音乐美。闻一多认为音乐美在诗中表现为音节、平仄、押韵、双声、叠韵等，其中最主要的是节奏，"诗的所以能激发情感，完全在它的节奏"。他还具体提出需注意一行诗有几个音尺，其中有几个三字尺、二字尺；音尺的排列可以不固定，但每行的三字尺、二字尺的数目应该相等。由于每行音尺的数目相等，读起来确有音调和谐之美。当然，闻一多也注意到在较长的诗篇中，如果每行诗完全由数目相同的三字尺、二字尺组成，也会产生单调之感，真的成为一块块豆腐干了，所以每节诗有规律地变化，也能形成节奏感。

此外，押韵也是构成诗歌节奏的重要手段。闻一多说："本来中国韵宽；用韵不是难事，并不足以妨害词意。既是这样，能多用韵的时候，我们何必不用呢？"闻一多诗押韵方式丰富多彩，韵脚都有精心安排，使节奏鲜明，适于吟咏。

　　这几天，大家晓得，在昆明出现了历史上最卑劣，最无耻的事情！
李先生究竟犯了什么罪，竟遭此毒手？他只不过用笔写写文章，用嘴说
说话，而他所写的，所说的，都无非是一个没有失掉良心的中国人的话！

贪睡的合欢叠拢了银桨，钩下了柔颈，

路灯也一齐偷了残霞，换了金花，

单剩那喷水池

不怕惊破别家的酣梦，

依然活泼泼地高呼狂笑，独自玩耍。

杯盘狼藉在案上，酒坛睡倒在地下，
醉客散了，如同散阵投巢的乌鸦；
只那醉得最狠，醉得如泥的李青莲

主人咬着烟斗咪咪的笑，
　"一切的众生应该各安其位。
我何曾有意的糟蹋你们，
秩序不在我的能力之内。"

目录 CONTENTS

演讲

诗与批评

什么是诗呢？我们谁能大胆地说出什么是诗呢？我们谁能大胆地决定什么是诗呢？不能！有多少人是曾经对于诗发表过意见，但那意见不一定是合理的，不一定是真理；那是一种个人的偏见，因为是偏见，所以不一定是对的。但是，我们怎样决定诗是什么呢？我以为，来测度诗的不是偏见，应该是批评。

对于"什么是诗"的问题，有两种对立的主张：

有一种人以为："诗是不负责的宣传。"

另一种人认为："诗是美的语言。"

我们念了一篇诗，一定不会是白念的，只要是好诗，我们念过之后就受了他的影响：诗人在作品中对于人生的看法影响我们，对于人生的态度影响我们，我们就是接受了他的宣传。诗人用了文字的魔力来征服他的读者，先用了这种文字的魅力使读者自然地沉醉，自然地受了催眠，然后便自自然然的接受了诗人的意见，接受他的宣传。这个宣传是有如何的效果呢？诗人不问这个，因为他的宣传是不负责的宣传。诗人在作品中所表示的意见是可靠的吗？这是不一定的，诗人有他自己的偏见，偏见不一定是对的。好些人把诗人比做疯子，疯人的意见怎么是真理呢？实在，好些诗人写下了他的诗篇，他并不想到有什么效果，他并不为了效果而写诗，他并不为了宣传而写诗，他是为诗而写诗的；因之，他的诗就是一种不负责的东西了，不负责的东西是好的吗？这是一个很重要的问题，所以，第一种主张，就侧重在这种宣传的效果方面，我想，这是一种对于诗的价值论者。

好些人念一篇诗时是不理会他的价值的，他只吟味于词句的安排，惊喜于韵律的美妙：完全折服于文字与技巧中。这种人往往以为他的态度仅止于欣赏，仅止于享受而已。他是为念诗而念诗。其实这是不可能的事，在文字与技巧的魅力上，你并不只享受于那分艺术的功力，你会被征服于不知不觉中，你会不知不觉的为诗人所影响，所迷惑。对于这种不顾价值，而只求感受舒适的人，我想他们是对于诗的效率论者。

这两种态度都是不对的。因为单独的价值论或是效率论都不是真理。我以为，从批评诗的正确的态度上说，是应该二者兼顾的。

柏拉图在他的《理想国》中赶走了诗人，因为他不满意诗人。他是一个极端的价值论者，他不满意于诗人的不负责的宣传。一篇诗作是以如何残忍的方式去征服一个读者。诗篇先以美的颜面去迷惑了一个读者，叫他沉迷于字面，音韵，旋律，叫他为这些奉献了自己，然而又以诗人的偏见深深烙印在读者的灵魂与感情上，然而这是一个如何的烙印——不负责的宣传已是诗的最大罪名了，我们很难有法子让诗人对于他的宣传负责，（诗人是否能负责又是一个问题。）这样一来，为了防范这种不负责的宣传，我们是不是可以不要诗了呢？不行，我们觉得诗是非要不可，诗非存在不可的。既然这样，所以我们要求诗是"负责的宣传"。我们要求诗人对他的作品负责，但这也许是不容易的事，因之，我们想得用一点外力，我们以社会使诗人负责。

负责的问题成为最重要的了，我们为了诗的光荣存在而辩护，所以不能不要求诗的宣传是负责的，是有利益于社会的。我们想，若是要知道这宣传是否负责而用新闻检查的方式，实在是可笑的，我们不能用检查去了解，我们要用批评去了解；目前的诗著作是可用检查的方式限制的，但这限制对于古人是无用的；而且事实上有谁会想出这种类似焚书坑儒的事来折磨我们的诗人呢？我想应该不会，在苏联和别的国家也许用一种方法叫诗人负责，方法很简单，就是，拉着诗人的鼻子走，如同牵牛一样，政府派诗人做负责的诗，一个纪念，叫诗人做诗，一个建筑落成，叫诗人做诗，这样，好些诗是写出来了，但结果，在这种方式下产生出来的作品，只是宣传品而不是诗了，既不是诗，宣传的力量也就小了或甚至没有了，最后，这些东西既不是诗，也不是宣传品，则什么都不是了，我们知道马也可夫斯基写过诗，也写过宣传品，后来他自杀了，谁知道他为什么自杀呢？所以我想，拉着诗人的鼻子走的方式并不是好的方式。

政府是可以指导思想的。但叫诗人负责，这不是诗人做得到的；上边我说，我们需要一点外力，这外力不是发自政府，而是发自社会，我觉得去测度诗的是否为负责的宣传的任务不是检查所的先生完成得了的，这个任务，应该交给批评家。

每个诗人都有他独特的性格，作风，意见和态度，这些东西会表现在作品里。一个读者要单选上一个诗人的东西读，也许不是有益而是有害的，因为我们无法担保这个诗人是完全对的，我们一定要受他的影响，若他的东西有了毒，是则我们就中毒了。鸡蛋是一种良好的食品，既滋补而又可口，但据说吃多了是有毒的，所以我们不能天天只吃鸡蛋，我们要吃别的东西。读诗也一样，我觉得无妨多读，从庞乱中，可以提取养料来补自己，我们可以读李白，杜甫，陶潜，李商隐，莎士比亚，但丁，雪莱，甚至其他的一切诗人的东西，好些作品混在一起，有毒的部分抵消了，留下滋养的成分；不负责的部分没有了，留下负责的成分。因为，我们知道凡是能够永远流传下去的东西，差不多可以说是好的，时间和读者会无情的淘汰坏的作品。我以为我们可以有一个可靠的选本，这位批评家应该懂得人生，懂得诗，懂得什么是效率，懂得什么是价值的这样一个人。

我以为诗是应该自由发展的。什么形式什么内容的诗我们都要。我们设想我们的选本是一个治病的药方，那么里面可以有李白，杜甫，陶渊明，苏东坡，歌德，济慈，莎士比亚；我们可以假想李白是一味大黄吧，陶渊明是一味甘草吧，他们都有用，我们只要适当的配合起来，这个药方是可以治病的。所以，我们与其去管诗人，叫他负责，我们不如好好的找到一个批评家，批评家不单给我们以好诗，而且可以给社会以好诗。

历史是循环的，所以我现在想提到历史来帮助我们了解我们的时代，了解时代赋予诗的意义，了解我们批评的态度。封建的时代我们看得出只有社会，没有个人，《诗经》给他们一个证明。《诗经》的时代过去了，个人从社会里边站出来，于是我们发觉《古诗十九首》实在比《诗经》可爱，《楚辞》实在比《诗经》可爱。因为我们自己现在是个人主义社会里的一员，我们所以喜爱那个人的表现，我们因之觉得《古诗十九首》比《诗经》对我们亲切。《诗经》的时代过去了之后，个人主义社会的趋势已经非常明显了。而且实实在在就果然进到了个人主义社会。这时候只有个人，没有社会。个人是鸩沉于自己的享乐，忘记社会，个人是觅求"效率"以增加自己愉悦的感受，忘记自己以外的人群。陶渊明时代有多少人过极端苦闷的日子，但他不管，他为他自己写下闲逸的诗篇。谢灵运一样忘记社会，为自己的愉悦而玩弄文字——当我们想到那时别人的苦难，想着那幅流民图，我们实实在在觉得陶渊明与谢灵运之流是多么无心肝，多么该死——这是个人主义发展到极端了，到了极端，即是宣布了个人主义的崩溃，灭亡。杜甫出来了，他的笔触到广大的社会与人群，他为了这个社会与人群而共同欢乐，共同悲苦，他为社会与人群而振呼。杜甫之后有了白居易，白居易不单是把笔濡染着社会，而且他为当前的事物提出他的主张与见解。诗人从个人的圈子走出来，从小我而走向大我，《诗经》时代只有社会，没有个人，再进而只有个人没有社会，进到这时候，已经是成为个人社会（Individual Society）了。

到这里，我应提出我是重视诗的社会的价值了。我以为不久的将来，我们的社会一定会发展成为 Society of Individual，Individual for Society（社会属于个人，个人为了社会）的，诗是与时代共同呼吸的，所以，我们时代不单要用效率论来批评诗，而更重要的是以价值论诗了，因为加在我们身上的将是一个新时代。

诗是要对社会负责了，所以我们需要批评。《诗经》时代何以没有批评呢？因为，那些作品都是负责的，那些作品没有"效率"，但有"价值"，而且全是"教育的价值"，所以不用批评了（自然，一篇实在没有价值的东西也可以说得出价值来的，对这事我们可以不必论及了）。个人主义时代也不要批评，因为诗就是给自己享受享受而已，反正大家标准一样，批评是多余的；那时候不论价值，因为效率就是价值（诗话一类的书就只在谈效率，全不能算是批评）。但今天，我们需要批评，而且需要正确而健康的批评。

春秋时代是一个相当美的时代，那时候政治上保持一种均势。孔子删诗，孔子对于诗作过最好的，最合理的批评。在《左传》上关于诗的批评我认为是对的，孔子注重诗的社会价值。自然，正确的批评是应该兼顾到效率与价值的。

从目前的情形看，一般都只讲求效率了，而忽视了价值，所以我要大声疾呼请大家留心价值。有人以为着重价值就会忽略了效率，就会抹煞了效率。我以为不会。这种担心是多余的。我们不要以为效率会被抹煞，只要看看普遍的情形。我们不是还叫读诗叫欣赏诗吗？我们不是还很重视于字句声律这些东西吗？社会价值是重要的，我们要诗成为"负责的宣传"，就非得着重价值不可，因为价值实在是被"忽视"了。

诗是社会的产物，若不是于社会有用的工具，社会是不要他的。诗人掘发出了这原料，让批评家把他做成工具，交给社会广大的人群去消化。所以原料是不怕多的，我们什么诗人都要，什么样的诗都要，只要制造工具的人技术高，技术精。

我以为诗人有等级的，我们假设说如同别的东西一样分作一等二等三等，那么杜甫应该是一等的，因为他的诗博，大，有人说黄山谷，韩昌黎，李义山等都是从杜甫来的，那么杜甫是包罗了这么多"资源"而这些资源大部是优良的美好的，你只念杜甫，你不会中毒，你只念李义山就糟了，你会中毒的，所以李义山只是二等诗人了。陶渊明的诗是美的，我以为他诗里的资源是类乎珍宝一样的东西，美丽而没有用，是则陶渊明应列在杜甫之下。

所以，我们需要懂得人生，懂得诗，懂得什么是效率，懂得什么是价值的批评家为我们制造工具，编制选本，但是，谁是批评家呢？我不知道。

论文艺的民主问题

　　前天有两个外国朋友先后来看我，谈到中国民主问题。一位是美国朋友，他站在美国人的立场，希望中国有第三个力量起来，担负建立新中国的责任，我说第三个力量是有的，目前还在生长发展中。另一个是澳洲朋友，站在澳洲人的地位，比较倾向于英国方面，一方面骂美国人，一方面却更多地同情中国。他问中国究竟需要怎样的民主，他的意见，应该是社会主义的民主，他说英国目前正一天天地接近苏联，打算向着那个方向走去。他曾和邱吉尔谈话，邱氏也承认了这一点。邱氏的矛盾是印度问题；不过一般的英国人，认为邱氏适合于做战时的领袖，战后建设大概不大合适，他们希望以后对印度问题能有更开明的办法。这位澳洲记者问起我：中国的民主运动是否太温和了？战斗性是否还不够强烈？我说我是站在青年人一边的，和老辈人的看法不同；我个人看来，目前的民主运动的确战斗性不够，也许有些老辈人认为操之过切，反而不好。

　　这位澳洲记者也写小说的，和我一样，过去也曾学过画，因此他很关心中国文艺界的情形。他听说最近世界上最好的短篇小说是中国的；我问他从哪里听来的，我说我们倒有些受宠若惊了。

　　外国朋友的确很想了解中国。譬如今天来看我的另一位美国朋友对我说，我来到中国，为的要看看活着的中国人民，他说现在在美国替中国说话的有三个人，一个是落了伍的胡适之；一个是国际文艺投机家林语堂；一个是感伤的女人赛珍珠。他们的文章，都不能表现中国的真实。他说他每回读到林语堂的文章，描写中国农民在田里耕作时如何地愉快，以及中国的刺绣，磁器如何地高贵……他就很生气地把这位博士的著作撕毁了掷在墙角里去。我听到这里，感激地向他伸出手来，我说：你是我所遇到的少有的美国人！

座谈会上的报告和各位先生的发言，我大体上是同意的。谈到文艺家和民主运动的问题，有人说一个文艺家应该同时是一个中国人，这是对的；就现在的情形看来，恐怕做一个中国人比做一个文艺家更重要。因为现在是抢救的工作，不能太慢了。我甚至还怀疑，就是现在的作家，在写作以外，实际生活的政治程度是不是够高，恐怕还是问题。政治工作较文艺写作更难，正像在前线冲锋肉搏较之在后方的工厂中做苦工更难一样。更进一步地说，如无冲锋经验而描写前面冲锋故事，因体验的不真切，写出的也一定没有力量。——这是一个生活与写作的老问题。

没有民主运动的实践，一定创造不出民主主义的作品。假使在英美的社会，作家自己如果不做民主的战士，由于社会周围充满了民主的空气，作家也许可以用观察来弥补。在中国缺少这种空气，自己不做便体验不着，观察不到。写作的问题便是一个做人的问题，人的火候到了，写出的东西自然是对的。——这样的说法，同时也解答了第二个问题——文艺作品如何反映民主主义内容的问题。

诚如大家所指出的，目前还有许多有知识有成就的文艺家，本身还站在民主运动之外，他们的生活与写作甚至有了反民主的倾向。对于这些人，大家主张，除了加强劝导之外，还要加强理论上的批评。这点我是赞同的。我还主张，应该无情地打击。目前在进步的朋友中间，委曲求全的思想还是很盛行。我以为社会上没有那么容易的事，在大变革的时期，一定需要大牺牲，不能顾忌太多。政治上的委曲求全，我是了解的。但我还是要坚持，在文艺工作上，委曲还是应该有限度。我想，我们理想的本身，就是一首诗，今天应该坚持这种精神，不要要求成功太切。中国人自来是善于委曲求全的，用不着我们再来宣传这种思想。

关于如何创造民主主义新文艺的问题，我想先提出形式问题来谈谈。前些时何其芳先生有信来，说起张恨水的小说在重庆很盛行，他认为这个形式（章回小说的形式）很可利用，并问到我的意见。我所想到的，是最接近我们的这个圈子，智识分子的圈子。——对大众自然应该给予教育，好在他们是一张白纸，没有成见，新形式也许一样可以接受。至于智识分子和学生，问题最多，挑剔相当厉害。所以艺术技巧方面，是要极力提高。旧形式恐怕打不到他们的面前，恐怕还是要甩西洋最高的东西，才能打动他们。我看那些容易和民众接近的地方，问题倒比较简单，比较顺利；我们住在大后方，不可忽略了后方的另一面。这里才是苦海，周围的人难对付；艰巨的工作在这里。

旧形式是一种旧习惯，如果认为非利用旧形式不可，便无异承认习惯是不可改变的。我的性格喜欢走极端，我对一切旧的东西都反对，希望最好一点也不要留。我所以赞成田间的诗，原因也在这里，因为他把旧腔调摆脱得最干净。这种极端的感情，也许是近二十年来钻进旧圈子以后的彻底的反感，说不定过分了一点，但暂时我还愿意坚持我的意见。

兽·人·鬼

名师导读

反内战有罪，求和平竟然被镇压，以致死伤多人。此时此刻，应该怎么做？社会上、校园内议论纷纷，为了正确引导舆论，让广大师生的血不至于白流，让反动派镇压的目的难以实现，闻一多先生写了这篇文章，并公开发表。闻一多先生会说些什么呢？

刽子手们这次杰作，我们不忍再描述了，其残酷的程度，我们无以名之，只好名之曰兽行，或超兽行。但既已认清了是兽行，似乎也就不必再用人类的道理和它费口舌了。甚至用人类的义愤和它生气，也是多余的。反正我们要记得，人兽是不两立的，而我们也深信，最后胜利必属于人！

胜利的道路自然是曲折的，不过有时也实在曲折得可笑。下面的寓言正代表着目前一部分人所走的道路。

村子附近发现了虎，孩子们凭着一股锐气，和虎搏斗了一场，结果遭牺牲了，于是成人们之间便发生了这样一串纷歧的议论：

——立即发动全村的人手去打虎。

——在打虎的方法没有布置周密时，劝孩子们暂勿

名师点评

作者开篇即以"兽行"命名刽子手们此次的行为，开门见山，直奔主题，表达出作者对刽子手残忍行为的愤怒。又以"杰作"反讽刽子手的行为，表达了作者对刽子手们无情的嘲讽。

离村，以免受害。

——已经劝阻过了，他们不听，死了活该。

——咱们自己赶紧别提打虎了，免得鼓励了孩子们去冒险。

——虎在深山中，你不惹它，它怎么会惹你？

——是呀！虎本无罪，祸是喊打虎的人闯的。

——虎是越打越凶的，谁愿意打谁打好了，反正我是不去的。

议论发展下去是没完的，而且有的离奇到不可想象。当然这里只限于人——善良的人的议论。至于那"为虎作伥"的鬼的想法，就不必去揣测了。但愿世上真没有鬼，然而我真担心，人既是这样的善良，万一有鬼，是多么容易受愚弄啊！

❦ 阅读鉴赏 ❧

《兽·人·鬼》，让人读后感到义愤填膺，这是因为作者称反动派为"鬼"，称反动派的帮凶为"鬼"，将自己愤怒的感情寓于字里行间。其次，在国民党执政时期，写作揭露国民党反动派及其帮凶的文章，如何表达是个问题。用寓言这种形式，可以将不便直接表达的观点给以艺术表达。于是作者在这篇文章中巧借一则寓言来说明问题，可见作者构思之巧妙。

❦ 知识拓展 ❧

抗战刚刚胜利，国民党反动派便派数十万军队进攻解放区，挑起内战，激起了人民普遍的不满。于是，国统区人民掀起了反内战运动。在昆明，西南联合大学、云南大学等校学生、教职工6000余人于11月25日在西南联大校园内举行反内战时事晚会。国民党反动派竟采取野蛮手段，派特务混进校内捣乱，派军警包围学校，并鸣放枪炮进行威胁。从26日起，昆明大中学校学生开始罢课。12月1日上午，国民党反动派指派大批军警、特务分头闯入西南联大、云大等校，大打出手，并向校内投掷手榴弹。罢课师生被炸死和打死的有4人，被殴打成重伤的有25人。这就是震惊全国的"一二·一"惨案。惨案发生后，时任西南联大教授的闻一多先生十分悲愤，坚决主张罢教声援学生运动，对有些教授瞻前顾后的态度极为不满，于是写了《兽·人·鬼》。

考题链接

1.下列关于文学常识的表述，不正确的一项是（　　　）

A.《论语》是记录春秋末期大思想家孔子及其弟子言行的书，从记录的称呼和口气上看，是孔门弟子（包括再传弟子）根据自己的记忆或耳闻的传说写下来的。

B.南朝梁文学理论批评家刘勰的主要著作《文心雕龙》，发展了前人的文学理论批评，体系比较完整，是我国古代文学理论巨著。

C.闻一多的《兽·人·鬼》是在抗战胜利后的1945年"一二·一"惨案发生后所写的一篇谴责反动派及其帮凶罪行的檄文。

D.茅盾、郭沫若是与鲁迅同时期的著名文学家，《子夜》是茅盾创作的一部反映工农大众如何在共产党领导下进行斗争的长篇小说，《屈原》则是郭沫若创作的一部历史剧。

2.下列关于文学常识的表述，不正确的一项是（　　　）

A.法国浪漫主义作家雨果的长篇小说《巴黎圣母院》和《悲惨世界》，体现了他的人道主义思想。

B.闻一多在《兽·人·鬼》中指出，"一二·一"惨案发生后，人们议论纷纷，有的主张斗争，有的主张明哲保身，有的是非不分，有的是非颠倒。

C.马克·吐温、屠格涅夫、欧·亨利、海明威都是美国著名小说家，他们都是美国现实主义文学的杰出代表。

　　D.法国现实主义大师巴尔扎克的巨著《人间喜剧》《高老头》《欧也妮·葛朗台》等，堪称巴黎上流社会的编年史。

艾青和田间

这是闻一多先生在去年昆明的诗人节纪念会上的讲演，在这讲演之前，两位联大的同学朗诵了艾青的《向太阳》和田间的《自由向我们来了》《给战斗者》，听众都很激动，接下来，闻先生说：

一切的价值都在比较上，看出来。

（他念了一首赵令仪的诗，说：）

这诗里是什么山茶花啦，胸脯啦，这一套讽刺战斗，粉刷战斗的东西，这首描写战争的诗，是歪曲战争，是反战，是把战争的情绪变转，缩小。这也正是常任侠先生所说的鸳鸯蝴蝶派。

几乎每个在座的人都是鸳鸯蝴蝶派。我当年选新诗，选上了这一首，我也是鸳鸯蝴蝶派。

艾青当然比这好。他表现人民及战争，用我们知识分子最心爱的，崇拜的东西与装饰，去理想化。如《向太阳》这首诗里面，他用浪漫的幻想，给现实镀上金，但对赤裸裸的现实，他还爱得不够。我们以为好的东西里面，往往也有坏的东西。

如在太阳底下死，是 Sentimental 的，是感伤的，我们以为是诗的东西都是那个味儿。

我们的毛病在于眼泪啦，死啦。用心是好的，要把现实装扮出来，引诱我们认识它，爱它，却也因此把自己的狐狸尾巴露出来了。

这一些，田间就少了，因此我们也就不大能欣赏。

胡风评田间是第一个抛弃了知识分子灵魂的战争诗人，民众诗人。他没有那一套泪和死。但我们，这一套还留得很多，比艾青更多。我们能欣赏艾青，不能欣赏田间，因为我们跑不了那么快。今天需要艾青是为了教育我们进到田间，明天的诗人。但田间的知识分子气，胡风说抛弃了，我看也没有完全抛弃。如"自由向我们来了"，为什么我们不向自由去呢？艾青说"太阳滚向我们"，为什么我们不滚向太阳呢？

艾青的《北方》写乞丐，田间的一首诗写新型的女人，因为田间已是新世界中的一个诗人。我们不能怪我们不欣赏田间：因为我们生在旧社会中。我们只看到乞丐，新型的女人我们没有看到过。

有人谩骂田间，只是他们无知。

关于艾青田间的话很多，时间短，讲到这儿为止。

最后一次讲演
——在云大至公堂李公朴夫人报告李先生死难经过大会上的讲演

名师导读

　　抗日战争胜利后，"反内战、反独裁"的爱国主义运动在全国范围内蓬勃兴起。1946年7月11日，爱国民主战士李公朴先生在昆明遇害。7月15日，云南大学召开追悼大会，闻一多先生主持。会上由于混入了国民党分子，在李公朴夫人血泪控诉的过程中，他们毫无顾忌，说笑取闹，扰乱会场，使人们忍无可忍，李夫人刚刚离开讲台，闻一多先生就拍案而起，满腔悲愤地发表了这一篇演讲。会后闻一多先生又参加了记者招待会，在他离会返家途中，被特务分子暗杀了。这篇演讲就成了他的"最后一次演讲"。这是一次怎样的演讲呢？

　　这几天，大家晓得，在昆明出现了历史上最卑劣、最无耻的事情！李先生究竟犯了什么罪，竟遭此毒手？他只不过用笔写写文章，用嘴说说话，而他所写的，所说的，都无非是一个没有失掉良心的中国人的话！大家都有一支笔，有一张嘴，有什么理由拿出来讲啊！有事实拿出来说啊！（闻先生声音激动了）为什么要打要杀，而且又不敢光明正大地来打来杀，而偷偷摸摸地来暗杀！（鼓掌）这成什么话？（鼓掌）

　　今天，这里有没有特务？你站出来！是好汉的站出来！你出来讲！凭什么要杀死李先生？（厉声，热烈的鼓掌）杀死了人，又不敢承认，还要诬蔑人，说什么"桃色事件"，说什么共产党杀共产党，无耻啊！无耻啊！（热烈的鼓掌）这是某集团的无耻，恰是李先生的光荣！李先生在昆明被暗杀，是李先生留给昆明的光荣！也是昆明人的光荣！（鼓掌）

去年"一二·一"昆明青年学生为了反对内战，遭受屠杀，那算是青年的一代献出了他们最宝贵的生命！现在李先生为了争取民主和平，而遭受了反动派的暗杀，我们骄傲一点说，这算是像我这样大年纪的一代，我们的老战友，献出了最宝贵的生命。这两桩事发生在昆明，这算是昆明无限的光荣！（热烈的鼓掌）

反动派暗杀李先生的消息传出后，大家听了都悲愤痛恨。我心里想，这些无耻的东西，不知他们是怎么想法？他们的心理是什么状态？他们的心怎样长的？（捶击桌子）其实很简单，（低沉渐高）他们这样疯狂地来制造恐怖，正是他们自己在慌啊！在害怕啊！所以他们制造恐怖，其实是他们自己在恐怖啊！特务们，你们想想，你们还有几天，你们完了，快完了！你们以为打伤几个，杀死几个，就可以了事，就可以把人民吓倒了吗？其实广大的人民是打不尽的，杀不完的，要是这样可以的话，世界上早没有人了。你们杀死一个李公朴，会有千百万个李公朴站起来！你们将失去千百万的人民！你们看着我们人少，没有力量。告诉你们，我们的力量大得很！多得很！看今天来的这些人，都是我们的人，都是我们的力量！此外还有广大的市民！我们有这个信心：人民的力量是要胜利的，真理是永远存在的。历史上没有一个反人民的势力不被人民毁灭的！希特勒，墨索里尼不都在人民之前倒下去了吗？翻开历史看看，你还站得住几天！你完了，快完了！我们的光明就要出现了。我们看，光明就在我们眼前，而现在正是黎明之前那个最黑暗的时候。我们有力量打破这个黑暗，争到光明！我们的光明，就是反动派的末日！（热烈的鼓掌）

反动派故意挑拨美苏的矛盾，想利用这矛盾来打内战。任你们怎么样挑拨，怎么样离间，美苏不一定打呀！现在四外长会议已经圆满闭幕了。这不是说美苏间已没有矛盾，但是可以让步，可以妥协，事情是曲折的，不是直线的。

李先生的血，不会白流的！李先生赔上了这条性命，我们要换来一个代价。"一二·一"四烈士倒下了，年青的战士们的血，换来了政治协商会议的召开，现在李先生倒下了，他的血要换取政协会议的重开！（热烈的鼓掌）我们有这个信心！（鼓掌）

"一二·一"是昆明的光荣，是云南人民的光荣，云南有光荣的历史，远的如护国，这不用说了。近的如"一二·一"，都是属于云南人民的，我们要发扬云南光荣的历史！（听众表示接受）

反动派挑拨离间，卑鄙无耻，你们看见联大走了，学生放暑假了，便以为我们没有力量了吗？特务们！你们错了！你们看见今天到会的一千多青年，又握起手来了，我们昆明的青年决不会让你们这样蛮横下去的！

反动派，你看见一个倒下去，可也看得见千百个继起的！

正义是杀不完的，因为真理永远存在！（鼓掌）

历史赋予昆明的任务是争取民主和平，我们昆明的青年必须完成这任务！

我们不怕死，我们有牺牲的精神，我们随时像李先生一样，前脚跨出大门，后脚就不准备再跨进大门！（长时间热烈的鼓掌）

阅读鉴赏

　　纵观全场演讲，闻一多先生说的每一个字、每一句话都在表达一种感情，一种思想。到了激昂之处，其感情用语言无法表达，便代以肢体语言，比如"捶击桌子"，可以说，这是一种情感愤怒到极点的声音。总之，这是一次非常成功的演讲！是一篇犀利的战斗檄文！是唤起人民觉醒的施号令！同时也是爱国民主人士的战斗宣言！

知识拓展

　　李公朴（1900—1946），江苏省武进人。1928年，考取美国俄勒冈州雷德大学。1934年创办《读书生活》半月刊。第一部中译本《资本论》由读书生活出版社出版。1935年12月，上海各界救国联合会成立，他被选为常务委员。

　　1946年2月10日，国民党特务制造"较场口血案"，郭沫若、马寅初、李公朴等各界人士60余人被打伤。面对险恶环境，李公朴说："我们搞民主运动的人，是要随时准备牺牲的。""为了民主，我已准备好了，两只脚跨出门，就不准备再进门了。"7月11日晚，李公朴和夫人在外出归途中，于青云街大兴坡遭国民党特务暗杀。次日凌晨逝世。整个昆明沉浸在悲哀与愤怒之中。毛泽东、朱德发来唁电。

考题链接

　　1.下列关于文学常识的表述，不正确的一项是（　　　　）

　　A《孟子》是记载战国时期思想家孟轲言行的书，作者是孟轲；全书共七篇，内容涉及政治活动、政治学说以及哲学、伦理、教育思想，是儒家经典著作之一。

B. 闻一多《最后一次讲演》，怒斥了反动派杀害李公朴先生的罪恶，指出了李公朴先生牺牲的意义，表明了后人奋斗到底的决心。

C. "初唐四杰" 王勃、杨炯、卢照邻、骆宾王和稍后的陈子昂，上承建安风骨，力扫齐梁余风，发为清新的歌唱。

D. 钱钟书是现代著名作家，著有散文集《写在人生边上》，短篇小说《人兽鬼》，讽刺性长篇小说《围城》。

2. 下列关于作家作品的述说正确的一项是（　　　　）

A. 响彻全世界的《国际歌》，其作者是批判现实主义诗人欧仁·鲍狄埃。

B. 夏洛蒂·勃朗特和艾米莉·勃朗特及安妮·勃朗特是当时颇有名气的姊妹作家。《简·爱》是夏洛蒂的名作，《呼啸山庄》是安妮的名作。

C. 易卜生是丹麦著名的戏剧家，代表作为《玩偶之家》，娜拉是此剧中的主人公。在中国上演后，鲁迅曾写过一篇《娜拉走后怎么办》。

D. 闻一多《最后一次讲演》感情极为强烈，非常富有感染力，从修辞角度来说，这与他多用感叹句、反问句及短句是分不开的。

散杂文

青 岛

名师导读

　　青岛是美丽的，但历史是沉重的。以"青岛"为标题写文章，这两个方面的内容都要写到。青岛的美丽表现在多个方面，且不同的季节还有各自的特点，那么我们该如何对青岛的美丽进行描绘呢？青岛的历史是沉重的，在以"青岛"为标题的文章中，这方面的内容应该占多大比重呢？又该在什么地方给以叙述呢？这都是写这篇文章不可回避的问题。下面，我们还是看一看文学大家闻一多是怎么解决这些问题的吧。

　　海船快到胶州湾时，远远望见一点青，在万顷的巨涛中浮沉；在右边崂山无数柱奇挺的怪峰，会使你忽然想起多少神仙的故事。进湾，先看见小青岛，就是先前浮沉在巨浪中的青点，离它几里远就是山东半岛最东的半岛——青岛。簇新的，整齐的楼屋，一座一座立在小小山坡上，笔直的柏油路伸展在两行梧桐树的中间，起伏在山冈上如一条蛇。谁信这个现成的海市蜃楼，一百年前还是个荒岛？

　　当春天，街市上和山野间密集的树叶，遮蔽着岛上所有的住屋，向着大海碧绿的波浪，岛上起伏的青

名师点评

巨涛浮沉、奇峰挺立，还没到青岛就感觉到了青岛缥缈于海雾间的神秘感，激起了读者走进青岛一睹为快的欲望。

梢也是一片海浪，浪下有似海底下神人所住的仙宫。但是在榆树丛萌，还埋着十多年前德国人坚伟的炮台，深长的甬道里你还可以看见那些地下室，那些被毁的大炮飞机，和墙壁上血涂的手迹。——欧战时这儿剩有五百德国兵丁和日本争夺我们的小岛，德国人败了，日本的太阳旗曾经一时招展全市，但不久又归还了我们。在青岛，有的是一片绿林下的仙宫和海水泱泱的高歌，不许人想到地下还藏着十多间可怕的暗窟，如今全毁了。

堤岸上种植无数株梧桐，那儿可以坐憩，在晚上凭栏望见海湾里千万只帆船的桅杆，远近一盏盏明灭的红绿灯漂在浮标上，那是海上的星辰。沿海岸处有许多伸长的山角，黄昏时潮水一卷一卷来，在沙滩上飞转，溅起白浪花，又退回去，不厌倦的呼啸。天空中海鸥逐向渔舟飞，有时间在海水中的大岩石上，听那巨浪撞击着岩石激起一两丈高的水花。那儿再有伸出海面的站桥，去站着望天上的云，海天的云彩永远是清澄无比的，夕阳快下山，西边浮起几道鲜丽耀眼的光，在别处你永远看不见的。

过清明节以后，从长期的海雾中带回了春色，公园里先是迎春花和连翘，成篱的雪柳，还有好像白亮灯的玉兰，软风一吹来就懒了。四月中旬，奇丽的日本樱花开得像天河，十里长的两行樱花，蜿蜒在山道上，你在树下走，一举首只见樱花绣成的云天。樱花落了，地下铺好一条花蹊。接着海棠花又点亮了，还有踯躅在山坡下的"山踯躅"，丁香，红端木，天天在染织这一大张地毯；往山后深林里走去，每天你会寻见一条新路，每一条小路中不知是谁创制的天地。

到夏季来，青岛几乎是天堂了。双驾马车载人到汇泉浴场去，男的女的中国人和十方的异客，戴了阔边大帽，海边沙滩上，人像小鱼一般，曝露在日光下，怀抱中是熏人的咸风。沙滩边许多小小的木屋，屋外搭着伞篷，人全仰天躺在沙上，有的下海去游泳，踩水浪，孩子们光着身在海滨拾贝壳。街路上满是烂醉的外国水手，一路上胡唱。

但是等秋风吹起，满岛又回复了它的沉默，少有人行走，只在雾天里听见一种怪木牛的叫声，人说木牛躲在海角下，谁都不知道在哪儿。

❦ 阅读鉴赏 ❦

作者从多个角度切入对青岛进行描写。青岛的海湾、青岛的公园和山道两旁的花木、青岛的汇泉浴场等，作者都给以重点描写。在描写时，或用比喻，或用拟人，充满丰富的联想和想象，更增加了实际景物的美。不仅如此，为了文章思路更清晰，作者还按时间先后顺序来写，这就是从春写到夏，再写到秋。由于动用了一系列的手段，青岛也就立体地呈现在了我们读者面前。

❦ 知识拓展 ❦

闻一多刚到青岛的时候，和梁实秋租住在中国旅行社招待所。这座美丽的城市给他们留下了极其美好的印象。后来，为了到学校上课方便，闻一多在学校斜对面大学路上租房居住，但房间是楼下一层，有点儿地下室的味道，光线不好，遂搬迁至汇泉海水浴场附近文登路上一幢小房子，不料，新的问题接踵而至，"夜晚潮声太大难以入睡"，而且距离学校稍远，当时也过于偏僻。只好再行择屋，于是就有了后来的"一多楼"，即位于今天中国海洋大学西北角的那幢欧式小楼。

小楼当时是国立青岛大学的第八校舍。偏处一隅，芳草萋萋。外墙上爬满了茂密的藤草，幽静宜人，别有洞天。据闻黎明（闻一多先生的长孙）著《闻一多传》记载："1931年闻一多在暑假中将妻儿送回家乡后，就搬到学校第八校舍……闻一多住在小楼的二层，一端内外两间的套房做卧室，另一端面积相同的房间做书房。在这里，闻一多住了将近一年，直到1932年夏离开青岛大学。"

❖ 考题链接 ❖

1. 下列关于作家作品的述说有误的一项是（　　　）

A. 奥地利作家茨威格1928年拜谒了托尔斯泰墓，写下了脍炙人口的名篇《世间最美的坟墓》，表达了对托尔斯泰的真诚纪念。

B. 魔幻现实主义最杰出的代表作家是哥伦比亚的马尔克斯，1982年获诺贝尔文学奖，他的代表作是《百年孤独》。

C. 闻一多的《青岛》全方位地展现了青岛的美丽，同时也叙述了青岛的沉重的历史，可以说，作者告诉了我们一个真实的青岛。

D. 匈牙利小说家卡夫卡善于运用象征、夸张、变形的艺术手法，揭示现代社会所面临的困境和"现代人的困惑"，其代表作是《变形记》。

2. 下列关于作家作品的述说有误的一项是（　　　）

A. 列夫·托尔斯泰是俄国伟大的现实主义作家，代表作有长篇小说《战争与和平》《安娜·卡列尼娜》等。

B. 屈原的《离骚》，是古代文学史上最宏伟瑰丽的长篇抒情诗，开创了我国诗歌的浪漫主义传统。

C. 闻一多《青岛》中出现了海鸥的形象，这是一个冲破无边的黑暗，追求自由和光明的形象，富有深刻的象征意味。

D. 赴考前，宝玉向王夫人磕头，与宝钗话别，并夜访潇湘，告别含恨而死的黛玉。宝玉就趁赴考的机会，独自出走做了和尚。

一个白日梦

　　林荫路旁侍立着一排像是没有尽头的漂亮的黄墙，墙上自然不缺少我们这"文字国"最典型的方块字的装饰，只因马车跑得太快，来不及念它。心想反正不是机关，便是学校，要不就是营房。忽然两座约莫二丈来高，影壁不像影壁，华表不像华表，极尽丑恶之能事的木质构造物闯入了视野，像黑夜里冷不防跳出一声充满杀气的"口令！"那东西可把人吓一跳！那威风凛凛的稻草人式的构造物，和它上面更威风的蓝地白书的八个擘窠大字：

　　顶天立地
　　继往开来

　　也不知道是出自谁人的手笔，或哪部"经典"。对子倒对得顶稳的。可是当时我并没有想到那些，我只觉得一阵头昏眼花，不是吓唬的，（稻草人可吓得倒人？）我的头昏眼花恰恰是像被某种气味熏得作呕时的那一种。我问我自己，这究竟是一种什么气味？怎么那样冲人？

　　我想起十字牌的政治商标，我明白了。不错，八个字的目的如果在推销一个个人的成功秘诀，那除了希特勒型的神经病患者，谁当得起？如果是标榜一个国家的立国精神，除了纳粹德国一类的世界里，又那儿去找这样的梦？想不出我们炎黄子孙也变得这样伟大！果然如此，区区个人当然也"与有荣焉"，——我的耳根发热了。

　　个人主义和由它放大的本位主义的肥皂水，居然吹起这种大而美丽的泡，看，它不但囊括了全部的空间"顶天立地"，还垄断了整个的时间"继往开来"！

怕只怕一得意，吹得太使劲儿，泡炸了，到那时原形毕露，也不过那么小小一滴水而已。我真为它——也为我自己——捏一把汗。

个人之于社会等于身体的细胞，要一个人身体健全，不用说必需每个细胞都健全。但如果某个细胞太喜欢发达，以至超过它本分的限度而形成瘿瘤之类，那便是病了。健全的个人是必需的，个人发达到排他性的个人主义却万万要不得，如今个人主义还不只是瘿瘤，它简直是因毒菌败坏了一部分细胞而引起的一种恶性发炎的痈疽，浮肿的肌肉开着碗口大的花，那何尝不也是花花绿绿的绚缦的色彩，其实只是一堆臭脓烂肉。唉！气味便是从那里发出的吧！

从排他性的个人主义到排他性的民族主义，是必然的发展。我是英雄，当然我的族类全是英雄。炎性是会得蔓延的，这不必细说。

极端的个人主义者必然也是个唯心主义者。心灵是个人行为的发号施令者，夸大了个人，便夸大了心灵。也许我只是历史上又一个环境的幸运儿，但我总以为我的成功，完全由于自己的意志或精神力量，只因为除了我个人，我什么也没看见。我只知道向自己身上去发现成功的因素，追得愈深，想得愈玄，于是便不能不堕入唯心论的迷魂阵中。

一切环境因素，一切有利的物质条件，一切收入的账簿被转到支出项下了，我惊讶于自身无尽的财富，而又找不出它的来源，我的结论只好是"天生德于予"了。于是我不但是英雄，而且是圣人了！

由不曾失败的英雄，一变而为不曾错误的圣人，我便与"真理"同体化了，因而"我"与"人"就变成"是"与"非"的同义语了。从此一切暴行只要是出于我的，便是美德，因为"我"就是"是"。到这时，可怜的个人主义便交了恶运，环境渐渐于我不利，我于是猜忌，疯狂，甚至迷信，我的个人主义终于到了恶性发炎的阶段，我的结局……天知道是什么！

可怕的冷静

一个从灾荒里长成的民族，挨着一切的苦难，总像挨着天灾一样，以麻木的坚忍承受打击，没有招架，没有愤怒，甚至没有呻吟，像冬眠的蛰虫一般，只在半死状态中静候着第二个春天的来临，——这样便是今天的中国，快挨过了第七个年头的国难，它会准备再挨下去，直到那一天，大概一觉醒来，自然会发现胜利就在眼前。客观上，战争与饥饿本也久已打成一片了，因此，愈是实在的战斗员，愈有挨饿的责任，不像人家最前线的人们吃得最好最饱，我们这里真正的饿殍恰恰就是真正的兵士。抗战与灾荒既已打成一片，抗战期中的现象，便更酷肖荒年的现象了。照例是灾情愈重，发财的愈多，结果贫穷的更加贫穷，富贵的更加富贵。照例是灾情严重了，呼吁的声音海外比国内更响，于是救济的主要责任落在外人身上，而国内人士，相形之下，便愈能显出他们那"不动心"的沉着而雍容的风度了。现在一切荒年的社会现象在抗战中又重演一次，不过规模更大，严重性更深刻些罢了。但是说来奇怪，分明是痼疾愈深，危机愈大，社会表层偏要装出一副太平景象的面孔。配合着冠冕堂皇的要人谈话和报纸社评的，是一般社会情绪——今天一个画展，明天一个堂会，"顾左右而言他"的副刊和小报一天天充斥起来，内容一天比一天软性化。从抗战开始以来，没有见过今天这样"众人熙熙，如享太牢，如登春台"的景象，这不知道是肺结核患者脸上的红晕呢，还是将死前的回光返照！

一部分人为着旁人的剥削，在饥饿中畜生似的沉默着，另一部分人却在舒适中兴高采烈地粉饰着太平，这现象是叫人不能不寒心的，如果他还有一点同情心与正义感的话。然而不知道是为了谁的体面，你还不能声张。最可虑的是不通世故而血气方刚的青年，面对这种事实，又将作何感想？对了，怕动摇抗战，但饥饿能抗战吗？粉饰饥饿就是抗战吗？如果抗战是天经地义，不要忘记当年的青年，便是撑持这天经地义最有力的支柱，可见青年盲目而又不盲目，在平时他不免盲目，但在非常时期他永远是不盲目的。原来非常时期所需要的往往不是审慎，而是勇气，而在这上面，青年是比任何人都强的。正如当年激起抗战怒潮的是青年，今天将要完成抗战大业的力量，也正是这蕴藏在青年心灵中的烦躁。这不是浮动，而是活力的脉搏。民族必需生存，抗战必需胜利，在这最高原则之下，任何平时的轨范都是暂时可以搁置的枝节。火烧上了眉毛，就得抢救。这是一个非常时期！

如果老年人中年人能负起责任，那自然更好，但事实上，战争先天的是青年人的工作（它需要青年的体质和青年的热情），所以如果老年人中年人肯负起责任，也只是参加青年的工作，或与青年分工合作，而不是代替青年的工作。战争既先天的是青年的工作，那么战时的国家就得以青年的意志为意志，虽则在战争的技术上，老年人中年人的智慧也是不可少的。

从抗战开始到今天，我们遭遇过两个关键，当初要不要抗战，是第一个关键，今天要不要胜利，是第二个关键，而第一个关键本来早已决定了第二个，因为既打算抗战，当然要胜利。但事实上目前的一切分明是朝着与胜利相反的方向发展，所以可怪的，是一部分人虽然看出方向的错误，却还要力持冷静，或从一些烦琐的立场，认为不便声张，不必声张。眼看青年完成抗战，争取胜利的意志必须贯彻，然而没有老年人中年人的智慧予以调节与指导，青年的力量不免浪费。万一还有人固执起来，利用他们的地位与力量，阻止了青年意志的贯彻，那结果便更不堪设想了。时机太危急了，这不是冷静的时候，希望老年人中年人的步调能与青年齐一，早点促成胜利的来临！大众的坚忍的沉默是可原谅的，因为他们是灾荒中生长的，而灾荒养成了他们的麻木，有着粉饰太平的职责的人们是可原谅的，因为他们也有理由麻木。可是负有领导青年责任的人们，如果过度的冷静，也是可怕的，当这不宜冷静的时候！

愈战愈强

回忆抗战初期，大家似乎不大讲到"胜利"，那时的心理与其说是胜败置之度外，还不如说是一心想着虽败犹荣。敌人是以"必定胜"的把握向我们侵略，我们是以"不怕败"的决心给他们抵抗。你无非是要我败，我偏偏不怕败，我不怕败，你便没有胜。那时人民的口号是"豁出去了！""跟你拼了！"政府的策略是"破釜沉舟"，是"置之死地而后生"，人民和政府都不怕败，自然大家也不讳败，结果是我们愈败愈奋勇，而敌人真把我们没办法。

武汉撤退以后，渐渐听到"争取胜利"的呼声，然而也就透露了怕败的顾虑了。

开罗会议以后，胜利俨然到了手似的，而一般现象，则正好表示着一些人的工作，是在"争取失败"。事实昭彰，凡是有眼睛的都看到了，有良心的都指出了，这里无需我再说，我也不忍再说，于是愈是趋向失败，愈是讳言失败，自己讳言失败，同时也禁止旁人言失败。是否表面上"失败"绝迹了，暗地里便愈好制造失败呢？抗战到了这地步，大概也是一种"置之死地而后生"的办法罢？好了，那我以老百姓的资格，也就"豁出去了！""跟你拼了！"

所以我今天想要算账！

算账是一件麻烦事，但不要紧，大的做大的算，小的做小的算，反正从今以后，我不打算有清闲日子了！

比如眼前在我们昆明，就有一笔不大不小的账值得算一算。

　　昨天早起出门找报看，第一家报纸给了我一个喜讯，它老老实实地告诉我，衡阳的仗咱们打好了一点，我当然很高兴。但是看到第二家报纸，却把我气昏了，就因为那标题中"我军愈战愈强"六个大字。

　　编辑先生！我是有名有姓的，我虽不知道你姓名，但你也必然有名有姓，你若是好汉，就请出来跟我算清这笔账！你所谓"愈战愈强"者，如果就是今天另一家报纸标题所谓"愈战愈奋"的意思，那我就原谅你，我可怜你中国人不大会处理中国文字。如果你那"强"字是甚么"四强之一"那类"强"的意思，那我就要控告你两大罪状：一，你侮辱了我们老百姓的人格。二，你出卖了你的祖国。

　　难道你就忘记了，卢沟桥的烽火一起，我们挺身应战，是为了我们有十二万分胜算的把握吗？老实告诉你，除了存心利用抗战来趁火打劫的败类之外，我们老百姓果真是怕败的话，就早已都投汪精卫去了。我相信在自由中国，每一个良善的中国人，当初既是抱了拼命的决心，胜也要打，败也要打，今天还是抱定这决心，胜也要打，败也要打，何况国际的客观环境已经好转，谁又是那样的傻子，情愿让它"功亏一篑"呢？所以你如果多多给我们报导些自身的缺点，那只会增加我们的戒惧心，刺激我们的努力。你以为我们真是那样"闻败则馁"的草包吗？你若那样想，便把我们看同汪精卫之流了，你晓得那是侮辱别人的人格吗？

　　闻败则馁的必也闻胜则骄，你既把我们当作闻败则馁的人，那你泄露了（杜撰罢？）许多乐观的消息，难道又不怕我们骄起来吗？明知骄是抗战的鸩毒，而偏要用"愈战愈强"来灌溉我们的骄，那你又是何居心？依据你自己的逻辑，你这就是汉奸行为，因此你是出卖了你的祖国，你又晓得吗？

　　我们倒不怕承认自身的"弱"，愈知道自身弱在哪里，愈好在各人自己的岗位上来尽力加强它。你说我们"愈强"，我倒要请你拿出事实来，好教我们更放心点。谁不愿意自己强呢！但信口开河是不负责任，存心欺骗更是无耻。六个字的标题，看来事小，它的意义却很重大。

　　用这字面的，本不只你一人，但是，先生，恕我这回抓住你了！你气得我一顿饭没吃好啊！然而如果在原则上你是受了谁的指示，那个指示你的人不也该是有名有姓的吗？如果他高兴，就请他出来说明也好。抗战是大家的抗战，国家是大家的国家，谁有权利来禁止我发问！

五四断想

旧的悠悠死去，新的悠悠生出，不慌不忙，一个跟一个，——这是演化。

新的已经来到，旧的还不肯去，新的急了，把旧的挤掉，——这是革命。

挤是发展受到阻碍时必然的现象，而新的必然是发展的，能发展的必然是新的，所以青年永远是革命的，革命永远是青年的。

新的日日壮健着（量的增长），旧的日日衰老着（量的减耗），壮健的挤着衰老的，没有挤不掉的。所以革命永远是成功的。

革命成功了，新的变成旧的，又一批新的上来了。旧的停下来拦住去路，说："我是赶过路程来的，我的血汗不能白流，我该歇下来舒服舒服。"新的说："你的舒服就是我的痛苦，你耽误了我的路程。"又把他挤掉，……如此，武戏接二连三的演下去，于是革命似乎永远"尚未成功"。

让曾经新过来的旧的，不要只珍惜自己的过去，多多体念别人的将来，自己腰酸腿痛，拖不动了，就赶紧让。"功成身退"，不正是光荣吗？"后生可畏，焉知来者之不如今也！"这也是古训啊！

其实青年并非永远是革命的，"青年永远是革命的"这定理，只在"老年永远是不肯让路的"这前提下才能成立。

革命也不能永远"尚未成功"。几时旧的知趣了，到时就功成身退，不致阻碍了新的发展，革命便成功了。

旧的悠悠退去，新的悠悠上来，一个跟一个，不慌不忙，哪天历史走上了演化的常轨，就不再需要变态的革命了。

但目前，我们还要用"挤"来争取"悠悠"，用革命来争取演化。"悠悠"是目的，"挤"是达到目的的手段。

于是又想到变与乱的问题。变是悠悠的演化，乱是挤来挤去的革命。若要不乱挤，就只得悠悠的变。若是该变而不变，那只有挤得你变了。

子在川上曰："逝者如斯夫，不舍昼夜！"古训也发挥了变的原理。

什么是儒家
——中国士大夫研究之一

"无论在任何国家，"伊里奇在他的《国家论》里说，"数千年间全人类社会的发展，把这发展的一般的合法则性，规则性，继起性，这样的指示给我们了：即是，最初是无阶级社会——贵族不存在的太古的，家长制的，原始的社会；其次是以奴隶制为基础的社会，奴隶占有者的社会。……奴隶占有者和奴隶是最初的阶级分裂。前一集团不仅占有生产手段——土地，工具(虽然工具在那时是幼稚的)，而且还占有了人类。这一集团称为奴隶占有者，而提供劳动于他人的那些劳苦的人们便称为奴隶。"中国社会自文明初发出曙光。即约当商盘庚时起，便进入了奴隶制度的阶段，这个制度渐次发展，在西周达到它的全盛期，到春秋中叶便成强弩之末了，所以我们可以概括的说，从盘庚到孔子，是我们历史上的奴隶社会期。但就在孔子面前，历史已经在剧烈的变革着，转向到另一个时代，孔子一派人大声疾呼，企图阻止这一变革，然而无效。历史仍旧进行着，直至秦汉统一，变革的过程完毕了，这才需要暂时休息一下。趁着这个当儿，孔子的后学们，以董仲舒为代表，便将孔子的理想，略加修正，居然给实现了。在长时期变革过程的疲惫后，这是一帖理想的安眠药，因为这安眠药的魔力，中国社会便一觉睡了两千年，直到孙中山先生才醒转一次。孔子的理想既是恢复奴隶社会的秩序，而董仲舒是将这理想略加修正后，正式实现了，那么，中国社会，从董仲舒到中山先生这段悠长的期间，便无妨称为一个变相的奴隶社会。

董仲舒的安眠药何以有这么大的魔力呢？要回答这问题，还得从头说起。

相传殷周的兴亡是仁暴之差的结果，这所谓仁与暴分明代表着两种不同的奴隶管理政策。大概殷人对于奴隶榨取过度，以至奴隶们"离心离德"而造成"前途倒戈"的后果，反之，周人的榨取比较温和，所以能一方面赢得自己奴隶的"同心同德"，一方面又能给太公以施行"阴谋"的机会，教对方的奴隶叛变他们自己的主人。仁与暴是漂亮的名词，实际只是管理奴隶的方法有的高明点，有的笨点罢了。周人还有个高明的地方，那便是让胜国的贵族管理胜国的奴隶。《左传》定四年说："周公相王室，分鲁公以……殷民六族……使帅其宗氏，辑其分族，将其类丑，……使之职事于鲁，……分之土田陪敦（附庸，即仆庸），祝宗卜史，备物典策，官司彝器。……分康叔以……殷民七族。……"这些殷民六族与七族便是胜国投降的贵族，那些"备物典策，官司彝器"的"祝宗卜史"便是后来所谓"儒"——寄食于贵族的智识分子。让贵族和智识分子分掌政教，共同管理自己的奴隶（附庸），这对奴隶们和奴隶占有者（周人）双方都有利的，因为以居间的方式他们可以缓和主奴间的矛盾，他们实在做了当时社会机构中的一种缓冲阶层。后来胜国贵族们渐趋没落，而儒士们因有特殊智识和技能，日渐发展成一种宗教文化的行帮企业，兼理着下级行政干部的事务，于是缓冲阶层便为儒士们所独占了（当然也有一部分没落的胜国贵族，改业为儒，加入行帮的）。

明白了这种历史背景，我们就可以明白儒家的中心思想。因为儒家是一个居于矛盾的两极之间的缓冲阶层的后备军，所以他们最忌矛盾的统一，矛盾统一了，没有主奴之分，便没有缓冲阶层存在的余地。他们也不能偏袒某一方面，偏袒了一方，使一方太强，有压倒对方的能力，缓冲者也无事可做。所谓"君子和而不同"，便是要使上下在势均力敌的局面中和平相处，而切忌"同"于某一方面，以致动摇均势。因为动摇了均势，便动摇自己的地位啊！儒家之所以不能不讲中庸之道，正因他是站在中间的一种人。中庸之道，对上说，爱惜奴隶，便是爱惜自己的生产工具，也便是爱惜自己，所以是有利的；对下说，反正奴隶是做定了，苦也就吃定了，只要能少吃点苦就是幸福，所以也是有利的。然而中庸之道，最有利的，恐怕还是那站在中间，两边玩弄，两边镇压，两边劝谕，做人又做鬼的人吧！孔子之所以宪章文武，尤其梦想周公，无非是初期统治阶级的奴隶管理政策，符合了缓冲阶层的利益，所谓道统者，还是有其社会经济意义的。

可是切莫误会，中庸绝不是公平。公平是从是非观点出发的，而中庸只是在利害上打算盘。主奴之间还讲什么是非呢？如果是要追究是非，势必牵涉奴隶制度的本身，如果这制度本身发生了问题，哪里还有什么缓冲阶层呢？显然的，是非问题是和儒家的社会地位根本相抵触的。他只能一面主张"成事不说，遂事不谏，既往不咎"，一面用正名（君君臣臣，父父子子）的理论，维持现有的秩序（既成事实），然后再苦口婆心的劝两面息事宁人，马马虎虎，得过且过。我疑心"中庸"之庸字，也就是"附庸"之庸字，换言之，"中庸"便是中层或中间之佣。自身既也是一种佣役（奴隶），天下哪有奴隶支配主人的道理，所以缓冲阶层的真正任务，也不过是恳求主子刀下留情，劝令奴才忍重负辱，"执中无权，犹执一也"，天秤上的码子老是向重的一头移动着，其结果，"中庸"恰恰是"不中庸"，可不是吗？"爵禄可辞也，白刃可蹈也，中庸不可能也"！果然你辞了爵禄，蹈了白刃，那于主人更方便（因为把劝架的人解决了，奴才失去了掩蔽，主人可以更自由的下毒手），何况爵禄并不容易辞，白刃更不容易蹈呢？实际上缓冲阶层还是做了帮凶，"季氏富于周公，而求也为了聚敛而附益之"，冉求的作风实在是缓冲阶层的惟一出路。孔子喝令"小子鸣鼓而攻之"！是冤枉了冉求，因为孔子自己也是"三月无君则皇皇如也"的，冉求又怎能饿着肚子不吃饭呢！

但是，有了一个建筑在奴隶生产关系上的社会，季氏便必然要富于周公，冉求也必然要为之聚敛，这是历史发展的一定的法则。这法则的意义是什么呢？恰恰是奴隶社会的发展促成了奴隶社会的崩溃。缓冲阶层既依存于奴隶社会，那么冉求之辈替主人聚敛，也就等于替缓冲阶层自掘坟墓。所以毕竟是孔子有远见，"留得青山在，不怕没柴烧"，冉求是自己给自己毁坏青山啊！然而即令是孔子的远见也没有挽回历史。这是命运的作剧吧？做了缓冲阶层，其势不能帮助上头聚敛，不聚敛，阶层的地位便无法保持，但是聚敛得来使整个奴隶社会的机构都要垮台，还谈得到什么缓冲阶层呢？所以孔子的呼吁如果有效，青山不过是晚坏一天，自己便多烧一天的柴，如果无效，青山便坏得更早点，自己烧柴的日子也就有限了，孔子的见地远是远点，但比起冉求，也不过是"以五十步笑百步"而已。结果，历史大概是沿着冉求的路线走的，连比较远见的路线都不会蒙它采纳，于是春秋便以高速度的发展转入了战国，儒家的理想，非等到董仲舒是不能死灰复燃的。

话又说回来了，儒家思想虽然必须等到另一时代，客观条件成熟，才能复活，但它本身也得有其可能复活的主观条件，才能真正复活，否则便有千百个董仲舒，恐怕也是枉然。儒家思想，正如上文所说，是奴隶社会的产物，而它本身又是拥护奴隶社会的。我们都知道，奴隶社会是历史必须通过的阶级，它本身是社会进步的果，也是促使社会进步的因。既然必须通过，当然最好是能过得平稳点，舒服点。文武周公所安排的，孔子所发表的奴隶社会，因为有了那样缓和的榨取政策，和为执行这政策而设的缓冲阶层，它确乎是一比较舒服的社会，因为舒服，所以自从董仲舒把它恢复了，二千年的历史在它的怀抱中睡着了。

诚然，董仲舒的儒家不是孔子的儒家，而董仲舒以后的儒家也不是董仲舒的儒家，但其为儒家则一，换言之，他们的中心思想是一贯的。二千年来士大夫没有不读儒家经典的，在思想上，他们多多少少都是儒家，因此，我们了解了儒家，便了解了中国士大夫的意识观念。如上文所说，儒家思想是奴隶社会的产物，然则中国士大夫的意识观念是什么，也就值得深长思之了！

诗的格律

一

假定"游戏本能说"能够充分的解释艺术的起源，我们尽可以拿下棋来比作诗；棋不能废除规矩，诗也就不能废除格律。（格律在这里是 form 的意思）"格律"两个字最近含着了一点坏的意思，但是直译 form 为形体或格式也不妥当。并且我们若是想起 form 和节奏是一种东西，便觉得 form 译作格律是没有什么不妥的了。假如你拿起棋子来乱摆布一气，完全不依据下棋的规矩进行，看你能不能得到什么趣味？游戏的趣味是要在一种规定的格律之内出奇制胜。做诗的趣味也是一样的。假如诗可以不要格律，做诗岂不比下棋，打球，打麻将还容易些吗？难怪这年头儿的新诗"比雨后的春笋还多些"。我知道这些话准有人不愿意听。但是 Bliss Perry 教授的话来得更古板。他说"差不多没有诗人承认他们真正给格律缚束住了。他们乐意戴着脚镣跳舞，并且要戴别个诗人的脚镣。"

这一段话传出来，我又断定许多人会跳起来，喊着"就算它是诗，我不做了行不行？"老实说，我个人的意思以为这种人就不作诗也可以，反正他不打算来戴脚镣，他的诗也就做不到怎样高明的地方去。杜工部有一句经验语很值得我们揣摩的，"老去渐于诗律细"。

诗国里的革命家喊道"皈返自然！"其实他们要知道自然界的格律，虽然有些像蛛丝马迹，但是依然可以找得出来。不过自然界的格律不圆满的时候多，所以必须艺术来补充它。这样讲来，绝对的写实主义便是艺术的破产。

"自然的终点便是艺术的起点"，王尔德说得很对。自然并不尽是美的。自然中有美的时候，是自然类似艺术的时候。最好拿造型艺术来证明这一点。我们常常称赞美的山水，讲它可以入画。的确中国人认为美的山水，是以像不像中国的山水画做标准的。欧洲文艺复兴以前所认为女性的美，从当时的绘画里可以证明，同现代女性美的观念完全不合；但是现代的观念不同希腊的雕像所表现的女性美相符。这是因为希腊雕像的出土，促成了文艺复兴，文兴复兴以来，艺术描写美人，都拿希腊的雕像做蓝本，因此便改造了欧洲人的女性美的观念。我在赵瓯北的一首诗里发现了同类的见解。

绝似盆池聚碧屏，嵌空石笋满江湾。
化工也爱翻新样，反把真山学假山。

这径直是讲自然的模仿艺术了。自然界当然不是绝对没有美的。自然界里面也可以发现出美来，不过那是偶然的事。偶然在言语里发现一点类似诗的节奏，便说言语就是诗，便要打破诗的音节，要它变得和言语一样——这真是诗的自杀政策了。（注意我并不反对用土白作诗，我并且相信土白是我们新诗的领域里，一块非常肥沃的土壤，理由等将来再仔细的讨论。我们现在要注意的只是土白可以"做"诗；这"做"字便说明了土白须要一番锻炼选择的工作然后才能成诗。）诗的所以能激发情感，完全在它的节奏；节奏便是格律。莎士比亚的诗剧里往往遇见情绪紧张到万分的时候，便用韵语来描写。歌德作《浮士德》也曾用同类的手段，在他致席勒的信里并且提到了这一层。韩昌黎"得窄韵则不复傍出，而因难见巧，愈险愈奇……"这样看来，恐怕越有魄力的作家，越是要戴着脚镣跳舞才跳得痛快，跳得好。只有不会跳舞的才怪脚镣碍事，只有不会做诗的才感觉到格律的缚束。对于不会作诗的，格律是表现的障碍物；对于一个作家，格律便成了表现的利器。

又有一种打着浪漫主义的旗帜来向格律下攻击令的人。对于这种人，我只要告诉他们一件事实。如果他们要像现在这样的讲什么浪漫主义，就等于承认他们没有创造文艺的诚意。因为，照他们的成绩看来，他们压根儿就没有注意到文艺的本身，他们的目的只在披露他们自己的原形。顾影自怜的青年们一个个都以为自身的人格是再美没有的，只要把这个赤裸裸的和盘托出，便是艺术的大成功了。你没有听见他们天天唱道"自我的表现"吗？他们确乎只认识了文艺的原料，没有认识那将原料变成文艺所必需的工具。他们用了文字作表现的工具，不过是偶然的事，他们最称心的工作是把所谓"自我"披露出来，是让世界知道"我"也是一个多才多艺，善病工愁的少年；并且在文艺的镜子里照见自己那倜傥的风姿，还带着几滴多情的眼泪，啊！啊！那是多么有趣的事！多么浪漫！不错，他们所谓浪漫主义，正浪漫在这点上，和文艺的派别绝不发生关系。这种人的目的既不在文艺，当然要他们遵从诗的格律来做诗，是绝对办不到的；因为有了格律的范围，他们的诗就根本写不出来了，那岂不失了他们那"风流自赏"的本旨吗？所以严格一点讲起来，这一种伪浪漫派的作品，当它作把戏看可以，当它作西洋镜看也可以，但是万不能当它作诗看。格律不格律，因此就谈不上了。让他们来反对格律，也就没有辩驳的价值了。

上面已经讲了格律就是form。试问取消了form，还有没有艺术？上面又讲到格律就是节奏。讲到这一层更可以明了格律的重要；因为世上只有节奏比较简单的散文，决不能有没有节奏的诗。本来诗一向就没有脱离过格律或节奏。这是没有人怀疑过的天经地义。如今却什么天经地义也得有证明才能成立？是不是？但是为什么闹到这种地步呢——人人都相信诗可以废除格律？也许是"安拉基"精神，也许是好时髦的心理，也许是偷懒的心理，也许是藏拙的心理，也许是……那我可不知道了。

二

前面已经稍稍讲了讲为什么不当废除格律。现在可以将格律的原质分析一下了。从表面上看来，格律可从两方面讲：（一）属于视觉方面的，（二）

属于听觉方面的。这两类其实又当分开来讲，因为它们是息息相关的。譬如属于视觉方面的格律有节的匀称，有句的均齐。属于听觉方面的格式，有音尺，有平仄，有韵脚；但是没有格式，也就没有节的匀称，没有音尺，也就没有句的均齐。

关于格式，音尺，平仄，韵脚等问题，本刊上已经有饶孟侃先生《论新诗的音节》的两篇文章讨论得很精细了。不过他所讨论的是从听觉方面着眼的。至于视觉方面的两个问题，他却没有提到。当然视觉方面的问题比较占次要的位置。但是在我们中国的文学里，尤其不当忽略视觉一层，因为我们的文字是象形的，我们中国人鉴赏文艺的时候，至少有一半的印象是要靠眼睛来传达的。原来文学本是占时间又占空间的一种艺术。既然占了空间，却又不能在视觉上引起一种具体的印象——这是欧洲文字的一个缺憾。我们的文字有了引起这种印象的可能，如果我们不去利用它，真是可惜了。所以新诗采用了西文诗分行写的办法，的确是很有关系的一件事。姑无论开端的人是有意的还是无心的，我们都应该感谢他。因为这一来，我们才觉悟了诗的实力不独包括音乐的美（音节），绘画的美（辞藻），并且还有建筑的美（节的匀称和句的均齐）。这一来，诗的实力上又添了一支生力军，诗的声势更加扩大了。所以如果有人要问新诗的特点是什么，我们应该回答他：增加了一种建筑美的可能性是新诗的特点之一。

近来似乎有不少的人对于节的匀称和句的均齐表示怀疑，以为这是复古的象征。做古人的真倒霉，尤其做中华民国的古人！你想这事怪不怪？做孔子的如今不但"圣人""夫子"的徽号闹掉了，连他自己的名号也都给褫夺了，如今只有人叫他作"老二"；但是耶稣依然是耶稣基督，苏格拉提依然是苏格拉提。你作诗摹仿十四行体是可以的，但是你得十二分的小心，不要把它作得像律诗了。我真不知道律诗为什么这样可恶，这样卑贱！何况用语体文写诗写到同律诗一样，是不是可能的？并且现在把节做到匀称了，句做到均齐了，这就算是律诗吗？

诚然，律诗也是具有建筑美的一种格式；但是同新诗里的建筑美的可能性比起来，可差得多了。律诗永远只有一个格式，但是新诗的格式是层出不穷的。这是律诗与新诗不同的第一点。作律诗无论你的题材是什么？意境是什么？你非把它挤进这一种规定的格式里去不可，仿佛不拘是男人，女人，大人，小孩，非得穿一种样式的衣服不可。但是新诗的格式是相体裁衣。例如《采莲曲》的格式决不能用来写《昭君出塞》，《铁道行》的格式决不能用来写《最后的坚决》，《三月十八日》的格式决不能用来写《寻找》。在这几首诗里面，谁能指出一首内容与格式，或精神与形体不调和的诗来，我倒愿意听听他的理由。试问这种精神与形体调和的美，在那印板式的律诗里找得出来吗？在那杂乱无章，参差不齐，信手拈来的自由诗里找得出来吗？

律诗的格律与内容不发生关系，新诗的格式是根据内容的精神制造成的，这是它们不同的第二点。律诗的格式是别人替我们定的，新诗的格式可以由我们自己的意匠来随时构造。这是它们不同的第三点。有了这三个不同之点，我们应该知道新诗的这种格式是复古还是创新，是进化还是退化。

现在有一种格式：四行成一节，每句的字数都是一样多。这种格式似乎用得很普遍。尤其是那字数整齐的句子，看起来好像刀子切的一般，在看惯了参差不齐的自由诗的人，特别觉得有点稀奇。他们觉得把句子切得那样整齐，该是多么麻烦的工作。他们又想到作诗要是那样的麻烦，诗人的灵感不完全毁坏了吗？灵感毁了，还哪里去找诗呢？不错灵感毁了，诗也毁了。但是字句锻炼的整齐，实在不是一件难事；灵感决不致因为这个就会受了损失。我曾经问过现在常用整齐的句法的几个作者，他们都这样讲；他们都承认若是他们的那一首诗没有做好，只应该归罪于他们还没有把这种格式用熟；这种格式的本身，不负丝毫的责任。我们最好举两个例来对照着看一看，一个例是句法不整齐的；一个是整齐的，看整齐与凌乱的句法和音节的美丑有关系没有——

我愿透着寂静的朦胧，薄淡的浮纱，

细听着淅淅的细雨寂寂的在檐上，激打遥对着远

远吹来的空虚中的嘘叹的声音，
意识着一片一片的坠下的轻轻的白色的落花。

说到这儿，门外忽然灯响，
老人的脸上也改了模样；
孩子们惊望着他的脸色，
他也惊望着炭火的红光。

到底哪一个音节好些——是句法整齐的，还是不整齐？更彻底的讲来，句法整齐不但于音节没有妨碍，而且可以促成音节的调和。这话讲出来，又有人不肯承认了。我们就拿前面的证例分析一遍，看整齐的句法同调和的音节是不是一件事。

孩子们 | 惊望着 | 他的 | 脸色
他也 | 惊望着 | 炭火的 | 红光

这里每行都可以分成四个音尺，每行有两个"三字尺"（三个字构成的音尺之简称，以后仿此）和两个"二字尺"，音尺排列的次序是不规则的，但是每行必须还他两个"三字尺"两个"二字尺"的总数。这样写来，音节一定铿锵，同时字数也就整齐了。所以整齐的字句是调和的音节必然产生出来的现象。绝对的调和音节，字句必定整齐。（但是反过来讲，字数整齐了，音节不一定就会调和，那是因为只有字数的整齐，没有顾到音尺的整齐——这种的整齐是死气板脸的硬嵌上去的一个整齐的框子，不是充实的内容产生出来的天然的整齐的轮廓。）

　　这样讲来，字数整齐的关系可大了，因为从这一点表面上的形式，可以证明诗的内在的精神——节奏的存在与否。如果读者还以为前面的证例不够，可以用同样的方法分析我的《死水》。

这首诗从第一行

这是｜一沟｜绝望的｜死水

起，以后每一行都是用三个"二字尺"和一个"三字尺"构成的，所以每行的字数也是一样多。结果，我觉得这首诗是我第一次在音节上最满意的试验。因为近来有许多朋友怀疑到《死水》这一类麻将牌式的格式，所以我今天就顺便把它说明一下。我希望读者注意，新诗的音节，从前面所分析的看来，确乎已经有了一种具体的方式可寻。这种音节的方式发现以后，我断言新诗不久定要走进一个新的建设的时期了。无论如何，我们应该承认这在新诗的历史里是一个轩然大波。

这一个大波的荡动是进步还是退化，不久也就自然有了定论。

戏剧的歧途

近代戏剧是碰巧走到中国来的。他们介绍了一位社会改造家——易卜生。碰巧易卜生曾经用写剧本的方法宣传过思想，于是要易卜生来，就不能不请他的"问题戏"——《傀儡之家》《群鬼》《社会的柱石》等了。第一次认识戏剧即是从思想方面认识的，而第一次的印象又永远是有威权的，所以这先入为主的"思想"便在我们脑筋里，成了戏剧的灵魂。从此我们仿佛说思想是戏剧的第一个条件。不信，你看后来介绍萧伯纳，介绍王尔德，介绍哈夫曼，介绍高斯俄绥……哪一次不是注重思想，哪一次介绍的真是戏剧的艺术？好了，近代戏剧在中国，是一位不速之客；戏剧是沾了思想的光，侥幸混进中国来的。不过艺术不能这样没有身份。你没有诚意请他，他也就同你开玩笑了，他也要同你虚与委蛇了。

现在我们许觉悟了。现在我们许知道便是易卜生的戏剧，除了改造社会，也还有一种更纯洁的——艺术的价值。但是等到我们觉悟的时候，从先的错误已经长了根，要移动它，已经有些吃力了。从先没有专诚敦请过戏剧，现在得到了两种教训。第一，这几年来我们在剧本上所得的收成，差不多都是些稗子，缺少动作，缺少结构，缺少戏剧性，充其量不过是些能读不能演的 closet drama 罢了。第二，因为把思想当作剧本，又把剧本当作戏剧，所以纵然有了能演的剧本，也不知道怎样在舞台上表现了。

剧本或戏剧文学，在戏剧的家庭里，的确是一个问题。只就现在戏剧完成的程序看，最先产生的，当然是剧本，但是这是丢掉历史的说话。从历史上看来，剧本是最后补上的一样东西，是演过了的戏的一种记录。现在先写剧本，然后演戏。这种戏剧的文学化，大家都认为是戏剧的进化。从一方面讲，这当然是对的，但是从另一方面讲，可又错了，老实说，谁知道戏剧同文学拉拢了，不就是戏剧的退化呢？艺术最高的目的，是要达到"纯形"(pure form)的境地，可是文学离这种境地远着了，你可知道戏剧为什么不能达到"纯形"的涅槃世界吗？那都是害在文学的手里。自从文学加进了一份儿，戏剧永远注定了是一副俗骨凡胎，永远不能飞升了；虽然它还有许多的助手——有属于舞蹈的动作，属于绘画建筑的布景，甚至还有音乐，那仍旧是没有用的。你们的戏剧家提起笔来，一不小心，转有许多不相干的成分黏在他笔尖上了——什么道德问题，哲学问题，社会问题……都要黏上来了。问题黏的愈多，纯形的艺术愈少。这也难怪，文学，特别是戏剧文学之容易招惹哲理和教训一类的东西，如同腥膻的东西之招惹蚂蚁一样。你简直没有办法。一出戏是要演给大众看的；没有观众看，你就得拿他们喜欢看，容易看的，给他们看。假如你们的戏剧家的成功的标准，又只是写出戏来，演了，能够叫观众看得懂，看得高兴，那么他写起戏剧来，准是一些最时髦的社会问题，再配上一点作料，不拘是爱情，是命案，都可以。这样一来，社会问题是他们本地当时的切身的问题，准看得懂；爱情，命案，永远是有趣味的，准看得高兴。这样一出戏准能轰动一时。然后戏剧家可算成功了。但是欢剧的本身呢？艺术呢？没有人理会了。犯这样毛病的，当然不只戏剧家。譬如一个画家，若是没有真正的魄力来找出"纯形"的时候，他便摹仿照相了，描漂亮脸子了，讲故事了，谈道理了，做种种有趣味的事件，总要使得这一幅画有人了解，不管从哪一方面去了解。本来做有趣味的事件是文学家的惯技。就讲思想这个东西，本来同"纯形"是风马牛不相及的，但是哪一件文艺，完全脱离了思想，能够站得稳呢？文字本是思想的符号，文学既用了文字作工具，要完全脱离思想，自然办不到。但是文学专靠思想出风头，可真没出息了。何况这样出风头是出不出去的呢？谁知道戏剧拉到文学的这一个弱点当作宝贝，一心只想靠这一点东西出风头，岂不是比文学还要没出息吗？其实这样闹总是没有好处的。你尽管为你的思想写戏，你写出来的，恐怕总只有思想，没有戏。果然，你看我们这几年来所得的剧本里，不但没有问题、哲理、教训、牢骚，但是它经不起表演，你有什么办法吧？况且这样表现思想，也不准表现得好，那可真冤了！为思想写戏，戏当然没有，思想也表现不出。"赔了夫人又折兵"，谁说这不是相当的惩罚呢？

不错，在我们现在这社会里，处处都是问题，处处都等候着易卜生、萧伯纳的笔尖来给它一种猛烈的戟刺。难怪青年的作家个个手痒，都想来尝试一下。但是，我们可知道真正有价值的文艺，都是"生活的批评"；批评生活的方法多着了，何必限定是问题戏？莎士比亚没有写过问题戏，古今有谁批评生活比他更批评得透彻的？辛格批评生活的本领也不差罢？但是他何尝写过问题戏？只要有一个脚色，便叫他会讲几句时髦的骂人的话，不能算是问题戏罢？总而言之，我们该反对的不是戏里含着什么问题；若是因为有个问题，便可以随便写戏，那就把戏看得太不值钱了。我们要的是戏，不拘是哪一种的戏。若是仅仅把屈原、聂政、卓文君，许多的古人拉起来了，叫他们讲了一大堆社会主义，德谟克拉西，或是妇女解放问题，就可以叫作戏，甚至于叫作诗剧，老实说，这种戏，我们宁可不要。

因为注重思想，便只看得见能够包藏思想的戏剧文学，而看不见戏剧的其余的部分。结果，到终于，不三不四的剧本，还数得上几个，至于表演同布景的成绩，便几等于零了。这样做下去，戏剧能够发达吗？你把稻子割了下来，就可摆碗筷，预备吃饭了吗？你知道从稻子变成饭，中间隔着了好几次手续，是同样的复杂？这些手续至少都同戏本一样的重要。我们不久就一件件的讨论。

道教的精神

自东汉以来，中国历史上一直流行着一种实质是巫术的宗教，但它却有极卓越的，精深的老庄一派的思想做它理论的根据，并奉老子为其祖师，所以能自称为道教。后人爱护老庄的，便说道教与道家实质上全无关系，道教生生的拉着道家思想来做自己的护身符，那是道教的卑劣手段，不足以伤道家的清白。另一派守着儒家的立场而隐隐以道家为异端的人，直认道教便是堕落了的道家。这两派论者，前一派是有意袒护道家，但没有完全把握着道家思想的真谛，后一派，虽对道家多少怀有恶意，却比较了解道家，但仍然不免于"皮相"。这种人可说是缺少了点历史眼光。一个东西由一个较高的阶段退化到较低的，固然是常见的现象，但那较高的阶段是否也得有个来历呢？较高的阶段没有达到以前，似乎不能没有一个较低的阶段，我常疑心这哲学或玄学的道家思想必有一个前身，而这个前身可能是某种富有神秘思想的原始宗教，或更具体点讲，一种巫教。这种宗教，在基本性质上恐怕与后来的道教无大差别，虽则在形式上与组织上尽可截然不同。这个不知名的古代宗教，我们可暂称为古道教，因之自东汉以来道教即可称之为新道教。我以为与其说新道教是堕落了的道家，不如说它是古道教的复活。不，古道教也许本来就没有死过，新道教是古道正常的，自然的组织而已。这里我们应把宗教和哲学分开，作为两笔账来清算。从古道教到新道教是一个系统的发展，所以应排在一条线上。哲学中的道家是从古道教中分泌出来的一种质素。精华既已分泌出来了，那所遗下的渣滓，不管它起什么发酵作用，精华是不能负责的。古道教经过一个时期的酝酿，后来发酵成天师道一类的形态，这是宗教自己的事，与那已经和宗教脱了关系的道家思想何干？道家不但对新道教堕落了的行为可告无罪，它并且对古道教还有替它提炼出一些精华来的功绩。道教只有应该感谢道家的。但道家是出身于道教，恐怕是千真万确的事实，它若嫌这出身微贱，而想避讳或抵赖，那是不应当的。

我所谓古道教究竟是什么样的东西呢？详细的说明，不是本文篇幅所许的，我现在只能挈要提出几点来谈谈。

后世的新道教虽奉老子为祖师，但真正接近道教的宗教精神的还是庄子。《庄子》书里实在充满了神秘思想，这种思想很明显的是一种古宗教的反影。《老子》书中虽也带着很浓的神秘色彩，但比起《庄子》似乎还淡得多。从这方面看，我们也不能不同意于多数近代学者的看法，以为至少《老子》这部书的时代，当在《庄子》后，像下录这些庄子书中的片段，不是一向被"得意忘言"的读者们认为庄子的"寓言"，甚或行文的辞藻一类的东西吗？

藐姑射之山有神人居焉，肌肤若冰雪，淖约若处子，不食五谷，吸风饮露，乘云气，御飞龙，而游乎四海之外；其神凝，使物不疵疠，而年谷熟。……之人也，物莫之伤，大浸稽天而不溺，大旱金石流，土山焦而不热。（《逍遥游》）

夫道有情有信，无为无形，可传而不可受，可得而不可见；自本自根，未有天地，自古以固存；神鬼神帝，生天生地，在太极之先而不为高，在六极之下而不为深，先天地生而不为久，长于上古而不为老。狶韦氏得之，以挈天地，伏戏氏得之，以袭气母，维斗得之，终古不忒，日月得之，终古不息，堪坏得之，以袭昆仑，冯夷得之，以游大川，肩吾得之，以处太山。黄帝得之，以登天云，颛顼得之，以处玄宫，禺强得之，立乎北极，西王母得之，坐乎少广，莫知其始，莫知其终，彭祖得之，上及有虞，下及五伯，傅说得之，以相武丁，奄有天下，乘东维，骑箕尾，而比于列星。（《大宗师》）

至人神矣，大泽焚而不能热，河汉冱而不能寒，疾雷破山，飘风振海而不能惊。若然者，乘云气，骑日月，而游乎四海之外，死生无变于己。（《齐

物论》）

　　以上只是从《内篇》中抽出的数例，其余《外杂篇》中类似的话还不少。这些决不能说是寓言（庄子所谓"寓言"有它特殊的涵义，这里暂不讨论）。即是寓言，作者自己必先对于其中的可能性及真实性毫不怀疑，然后才肯信任它有阐明或证实一个真理的效用。你是决不会用"假"以证明"真"或用"不可能"以证明"可能"的，庄子想也不会采用这样的辩证法。其实庄子所谓"神人"，"真人"之类，在他自己是真心相信确有其"人"的。他并且相信本然的"人"就是那样具有超越性，现在的人之所以不能那样，乃是被后天的道德仁义之类所斫丧的结果。他称这本然的"人"为"真人"或"神人"或"天"，理由便在于此。

　　我们只要记得灵魂不死的信念，是宗教的一个最基本的出发点，对庄子这套思想，便不觉得离奇了。他所谓"神人"或"真人"，实即人格化了的灵魂。所谓"道"或"天"实即"灵魂"的代替字。灵魂是不生不灭的，是生命的本体，所以是真的，因之，反过来这肉体的存在便是假的。真的是"天"，假的是"人"。全套的庄子思想可以说从这点出发。其他多多少少与庄子接近的，以贵己重生为宗旨的道家中各支派，又可说是从庄子推衍下来的情绪。把这些支派次第的排列下来，我们可以发现神秘色彩愈浅，愈切近实际，陈义也愈低，低到一个极端，便是神仙家，房中家（此依《汉志》分类）等低级的，变态的养形技术了。冯芝生先生曾经说，杨朱一派的贵生重己说仅仅是不伤生之道，而对于应付他人伤我的办法只有一避字诀。然人事万变无穷，害尽有不能避者。老子之学，乃发现宇宙间事物变化之通则，知之者能应用之，则可希望"没身不殆"。庄子之《人间世》亦研究在人世中，吾人如何可入其中而不受其害。然此等方法，皆不能保吾人以万全。盖人事万变无穷，其中不可见之因素太多故也。于是老学乃打穿后壁之言曰：

　　吾所以有大患者，为吾有身。及吾无身，吾有何患？

此真大彻大悟之言。庄学继此而讲"齐死生，同人我"。不以害为害，于是害乃真不能伤。由上面的分析，冯先生下了一个结论"老子之学，盖就杨朱之学更进一层，庄子之学，则更进二层也。"冯先生就哲学思想的立场，把杨老庄三家所陈之义，排列成如上的由粗而精的次第，是对的。我们现在也可就宗教思想的立场，说庄子的神秘色彩最重，与宗教最接近，老子次之，杨朱最切近现实，离宗教也最远。由杨朱进一步，变为神仙房中诸养形的方技，再进一步，连用"渐"的方式来"养"形都不肯干，最好有种一服而"顿"即"变"形的方药，那便到了秦皇汉武辈派人求"不死药"的勾当了。庄和老是养神，杨朱可谓养生，神仙家中一派是养形，另一派是变形——这样由求灵魂不死变到求肉体不死，其手段由内功变到外功，外功中又由渐以至顿，——这便包括了战国秦汉间大部分的道术和方技，而溯其最初的根源，却是一种宗教的信仰。

除道家神仙家外，当时还有两派"显学"便是阴阳与墨家了。这两家与宗教的关系，早已被学者们注意到了，这里无须申论。我们现在应攻击的，是两家所与发生关系的是种什么样的宗教——即上文所谓古道教，还是另一种或数种宗教。关于这一点，我们首先可以回答，他们是不属于儒家的宗教。由古代民族复杂的情形看去，古代的宗教应当不只一种。儒家虽不甘以宗教自命，其实也是从宗教衍化或解脱出来的，而这宗教和各古道教截然是两回事。什么是儒家的宗教呢？胡适之先生列举过古代宗教迷信的三个要点：

一、一个有意志知觉，能赏善罚恶的天帝；

二、崇拜自然界种种质力的迷信如祭天地日月山川之类；

三、鬼神的迷信，以为人死有知，能作祸福，故必须祭祀供养他们。

胡先生认为这三种迷信"可算得是古中国的国教，这个国教的教主是'天子'"，并说"天子之名，乃是古时有此国教的鉴证"。胡先生以这三点为古中国"国教"的中心信仰是对的，但他所谓"古中国"似乎是包括西起秦陇，东至齐鲁的整个黄河流域的古代北方民族，这一点似有斟酌的余地。傅孟真先生曾将中国古代民族分为东西两大系，是一个很重要的观察（不过所谓东西当指他们远古时代的原住地而言，后来东西互相迁徙，情形则较为复杂）。我以为胡先生所谓"国教"，只可说是东方民族的宗教，也便是儒家思想的策源地。至于他所举的三点，其实只能算作一点，因为前二点可归并到第三点中去。所谓"以人死有知，能作祸福"的"鬼神迷信"确乎是宗教信仰的核心。其实说"鬼神迷信"不如单说"鬼的迷信"，因为在儒家的心目中，神只是较高级的鬼，二者只有程度的悬殊，而无种类的差异。所谓鬼者，即人死而又似未死，能饮食，能行动。他能作善作恶，所以必须以祭祀的手段去贿赂或报答他。总之事鬼及高级鬼——神之道，一如事人，因为他即生活在一种不同状态中的人，他和生人同样，是一种物质，不是一种幻想的存在。明白了这一层，再看胡先生所举的第一点。既然那作为教主的人是"天子"——天之子，则"天"即天子之父，天子是"人"，则天子之父按理也必须是"人"了。由那些古代帝王感天而生的传说，也可以推到同样的结论。我们从东方民族的即儒家的经典中所认识的天，是个人格的天，那是毫不足怪的。这个天神能歆飨饮食，能作威作福，原来他只是由人死去的鬼中之最高级者罢了，天神即鬼，则胡先生的第一点便归入第三点了。

《鲁语》载着一个故事，说吴伐越，凿开会稽山，得到一块其大无比的骨头，碰巧吴使聘鲁，顺便就在宴会席上请教孔子。孔子以为那便是从前一位防风氏的诸侯的遗骸。他说：

山川之灵石足以纪纲天下者，其守为神，社稷之守为公侯，皆属于者。

吴使又问："防风所守的是什么？"他又答道：

汪芒氏之君也，守封嵎之山者也，为漆姓，在虞夏商周为汪芒氏，于周为长狄，今为大人。

这证明了古代东方民族所谓山川之神乃是从前死去了的管领那山川的人，而并非山川本身。依胡先生所说祭山川之类是"崇拜自然界种种质力的迷信"，那便等于说儒家是有神论者了。其实他们的信仰中毫无这种意味。胡先生所举的第二点也可以归入第三点的。

儒家鬼神观念的真相弄明白了，我们现在可以转回去讨论道家了。上文我们已经说过道家的全部思想是从灵魂不死的观念推行出来的，以儒道二家对照了看，似乎儒家所谓死人不死，是形骸不死，道家则是灵魂不死。形骸不死，所以要厚葬，要长期甚至于永远的祭祀。所谓"祭如在，祭神如神在"之在，乃是物质的存在。惟怕其不能"如在"，所以要设尸，以保证那"如在"的最高度的真实性。这态度可算执着到万分，实际到万分，也平庸到万分了。反之道家相信形骸可死而灵魂不死，而灵魂又是一种非物质的存在，所以他对于丧葬祭祀处处与儒家立于相反的地位。《庄子·列御寇篇》载有庄子自己反对厚葬的一段话，但陈义甚浅，无疑是出于庄子后学的手笔。倒是汉朝"学黄老之术"而主张"裸葬以反真"的杨王孙发了一篇理论，真能代表道家的观念。

且夫死者终身之化，而物之归者也。归者得至，化者得变，是物各反其真也。反真冥冥，亡声亡形，乃合道情。夫饰外以华众，厚葬以鬲真，使归者不得至，化者不得变，是使物各失其所也。且吾闻之：精神者天之有也，形骸者地之有也。精神离形，各归其真，故谓之鬼，鬼之言归也，其尸块然独处，岂有知哉？裹以布帛，鬲以棺椁，支体络束，口含玉石，欲化不得，郁为枯腊，千载之后，棺材腐朽，乃得归土，就其真宅，繇是言之，焉用久客？

这完全是形骸死去，灵魂永生的道理，灵魂既是一种"无形无声"超自然的存在，自然也用不着祭祀的供养了。所以儒家的重视祭祀，又因祭祀而重视礼文，在道家看来，真是太可笑了。总之儒家是重形骸的，以为死后，生命还继续存在于形骸，他们不承认脱离形骸后灵魂的独立存在。道家是重视灵魂的，以为活时生命暂寓于形骸中，一旦形骸死去，灵魂便被解放出来，而得到这种绝对自由的存在，那才是真的生命。这对于灵魂的承认与否，便是产生儒道二家思想的两个宗教的分水岭。因此二派哲学思想中的宇宙论，人生论，或知识论，以至于政治思想等无不随着这宗教信仰上先天的差别背道而驰了。

作为儒道二家的前身的宗教信仰既经判明了，我们现在可以回到阴阳家与墨家了。阴阳家的学说本身是一种宇宙论，就其性质讲，与儒家远而与道家近，是一望而知的。至于他们那天人相应的理论，则与庄子返人于天之说极相似，所以尽可以假定阴阳家与道家是同出于一个原始的宗教的，司马谈论道家曰：

> 其为精也，因阴阳之大顺，采儒墨之善，撮名法之要。

这里分明是以阴阳家思想为道家思想的主体或间架，而认儒墨名法等只有补充修正的附加作用。这也许要受阴阳家影响之后的道家的看法。然即此也可见阴阳家与道家的血缘，本来接近，所以他们的结合特别容易。钱宾四先生曾说"墨氏之称墨，由于薄葬"，我以为称墨与薄葬的关系如何还难确定，薄葬为墨家思想的最基本的核心，却是可能的，若谓"薄葬"之义生于"节用"，那未免把墨家看得太浅薄了。何况节用很多，墨子乃专在丧葬上大做文章，岂不可怪？我疑心节葬的理论是受了重灵魂轻形骸的传统宗教思想的影响，把节葬与节用连起来讲，不如把它和墨家重义轻生的态度看作一贯的发展，斤斤于"身体发肤，受之父母，不敢毁伤"的儒家，虽也讲"杀身成仁"，但那究竟是出于不得已。墨家本有轻形骸的宗教传统，所以他们蹈汤赴火的姿态是自然的，情绪是热烈的，与儒家真不可同日而语。墨家在其功利主义上虽与儒家极近，但这也可说是墨子住在东方，接受了儒家的影响，在骨子里墨与道要调和得多，宋钘、尹文不明明是这两派间的桥梁吗？我疑心墨家也是与道家出于那古道教的。《庄子·天下篇》的作者把墨翟、禽滑厘也算作曾经闻过古之道术者，与宋钘、尹文、彭蒙、田骈、慎到、关尹、老聃、庄周等一齐都算作知"本数"的，而认"邹鲁之士，搢绅先生"所谈的只是"末度"，《天下篇》的作者显然认为墨家等都在道家的圈子里，只有儒家当除外。他又说"道术将为天下裂"，然则百家（对儒而言）本是从一个共同的道分裂出来的，这个未分裂以前的"道"是什么？莫非就是所谓古道教吧！这古道教如果真正存在的话，我疑心它原是中国古代西方某民族的宗教，与那儒家所从导源的东方宗教比起来，这宗教实在超卓多了，伟大多了，美丽多了，姑无论它的流裔是如何没出息！

时代的鼓手

——读田间的诗

名师导读

评论田间的诗歌，作者不是从田间的诗歌入手，而是从对鼓的理解入手，继而谈到抗战时期诗歌界的现状，在此基础上亮出田间的诗歌，给以评论。可以说，本文行文切入角度的选择非常巧妙，值得我们认真学习。另外，本文中提出了鼓手与琴师的概念，说诗人可以是鼓手，可以是琴师，但抗战时期最最需要的是鼓手，而不是琴师，而田间就是鼓手，时代的鼓手。

鼓——这种韵律的乐品，是一切乐器的祖宗，也是一切乐器中之王。音乐不能离韵律而存在，它便也不能离鼓的作用而存在。鼓象征了音乐的生命。

提起鼓，我们便想到了一串形容词：整肃、庄严、雄壮、刚毅和粗暴、急躁、阴郁、深沉……鼓是男性的，原始男性的，它蕴藏着整个原始男性的神秘。它是最原始的乐器，也是最原始的生命情调的喘息。

如其鼓的声律是音乐的生命，鼓的情绪便是生命的音乐。音乐不能离鼓的声律而存在，生命也不能离鼓的

名师点评

这是本文的过渡段，有承上启下的作用。承接上文对客观的鼓的叙述，引起下文对音乐与诗的关系的论述。

情绪而存在。

诗与乐一向是平行发展着的。正如从敲击乐器到管弦乐器是韵律的音乐发展到旋律的音乐，从三四言到五七言也是韵律的诗发展到旋律的诗。音乐也好，诗也好，就声律说，这是进步。可痛惜的是，声律进步的代价是情绪的萎顿。在诗里，一如在音乐里，从此以后以管弦的情绪代替了鼓的情绪。结果都是"靡靡之音"。这感觉的愈趋细致，乃是感情愈趋脆弱的表征，而脆弱感情不也就是生命疲困，甚或衰竭的征兆吗？二千年来古旧的历史，说来太冗长。单说新诗的历史，打头不是没有一阵朴质而健康的鼓的声律与情绪，接着依然是"靡靡之音"的传统，在舶来品的商标的伪装之下，支配了不少的年月。疲困与衰竭的半音，似乎比历史上任何时期都变本加厉了的风行着。那是宿命，是历史发展的必然阶段吗？也许。但谁又叫新生与振奋的时代来得那样突然！箫声，琴声，（甚至是无弦琴，）自然配合不上流血与流汗的工作。于是忙乱中，新派，旧派，人人都设法拖出一面鼓来，你可以想象一片潮湿而发霉的声响，在那壮烈的场面中，显得如何的滑稽！它给你的印象仍然是疲困与衰竭。它不是激励，而是揶揄，侮蔑这战争。

于是，忽然碰到这样的声响，你便不免吃一惊：

"多一颗粮食，
就多一颗消灭敌人的枪弹！"
听到吗
这是好话哩！
听到吗

我们
要赶快鼓励自己底心
到地里去！
要地里
长出麦子，
要地里
长出小米；
拿这东西
　　当作
　　持久战的武器。
（多一些！
多一些！）
多点粮食，
就多点胜利。（田间：《多一些》）

这里没有"弦外之音"，没有"绕梁三日"的余韵，没有半音，没有玩任何"花头"，只是一句句朴质、干脆、真诚的话，（多么有斤两的话！）简短而坚实的句子，就是一声声的"鼓点"，单调，但是响亮而沉重，打入你耳中，打在你心上。你说这不是诗，因为你的耳朵太熟悉于"弦外之音"……那一套，你的耳朵太细了。

你看，——
他们底
仇恨的
力，
他们底

名师点评

这就是田间诗歌的特点——简短、朴实、有力，能深入人的心扉，正如同鼓点一样富有原始的生命力，这也就是为什么说田间是"时代的鼓手"。

仇恨的

血，

他们底

仇恨的

歌，

握在

手里。

握在

手里，

要洒出来……

几十个，

很响地

——在一块；

几十个

达达地

——在一块

回旋……

狂蹈……

耸起的

筋骨

凸出的

皮肉，

挑负着

——种族的

　　疯狂

　　种族的

　　咆哮，……（田间：《人民底舞》）

名师点评

作者用举例子的写作手法，热情地赞扬了田间诗歌中所包含的疯狂、原始、爆炸着生命的热量与力量的热烈情绪。

名师点评

田间的诗歌就像是沉着的鼓声，这鼓声里有敢爱敢恨的真，有为苍生呐喊的善，有充满生命热与力的美。

这里便不只鼓的声律，还有鼓的情绪。这是鞌之战中晋解张用他那流着鲜血的手，抢过主帅手中的槌来擂出的鼓声，是祢衡那喷着怒火的"渔阳掺挝"，甚至是，如诗人 Robert Lindsey 在《刚果》中，剧作家 Eugene O'Neil 在《琼斯皇帝》中所描写的，那非洲土人的原始鼓，疯狂，野蛮，爆炸着生命的热与力。

这些都不算成功的诗。（据一位懂诗的朋友说，作者还有较成功的诗，可惜我没有见到。）但它所成就的那点，却是诗的先决条件——那便是生活欲，积极的，绝对的生活欲。它摆脱了一切诗艺的传统手法，不排解，也不粉饰，不抚慰，也不麻醉，它不是那捧着你在幻想中上升的迷魂音乐。它只是一片沉着的鼓声，鼓舞你爱，鼓动你恨，鼓励你活着，用最高限度的热与力活着，在这大地上。

当这民族历史行程的大拐弯中，我们得一鼓作气来渡过危机，完成大业。这是一个需要鼓手的时代，让我们期待着更多的"时代的鼓手"出现。至于琴师，乃是第二步的需要，而且目前我们有的是绝妙的琴师。

阅读鉴赏

作者从抗战时代的需要出发，高度评价田间的诗歌，言田间是"时代的鼓手"，田间的诗歌，"鼓舞你爱，鼓动你恨，鼓励你活着，用最高限度的热与力活着"。评论诗歌，自然要引用诗人的作品，对此，作者也不例外，本文引了田间的两首诗歌，对这两首诗歌的具体点评，十分到位，有力地佐证了作者的观点。

❧ 知识拓展 ❧

　　田间 (1916—1985)，原名童天鉴，安徽无为人，抗日战争时期街头诗运动的发起者。比如他的《假使我们不去打仗》：假使我们不去打仗，/ 敌人用刺刀 / 杀死了我们，/ 还要用手指着我们骨头说：/ "看，/ 这是奴隶！" 短短几句，提出了一个严峻的问题：日寇进了中国，如果我们不抵抗，会出现一个什么样的结局？问题用一个让人吃惊的画面作答，从而说明我们必须抗战。而他的《义勇军》，则是对抗日英雄的赞歌。诗中写道：在长白山一带的地方，/ 中国的高粱 / 正在血里生长。/ 大风沙里 / 一个义勇军 / 骑马走过他的家乡。/ 他回来：/ 敌人的头，/ 挂在铁枪上！这些诗洋溢着浓烈的时代气息，具有浓烈的政治鼓动性。除了街头诗外，田间还有长诗，其中《给战斗者》是代表作。这首诗以强烈的爱国激情、朴实有力的诗句，对广大人民奋起抗击日本侵略者做了热情的歌颂。

❧ 考题链接 ❧

　　1. 下面关于文学常识的表述，不正确的一项是（　　　）

　　A. 田间被闻一多称为"时代的鼓手"，因为他的诗歌简短而坚实的句子，就是一声声的"鼓点"，单调，但是响亮而沉重，能够鼓舞人爱，鼓动人恨。

　　B. 美国作家马克·吐温的名作有长篇小说《哈克·贝利费恩历险记》和《汤姆·索亚历险记》及短篇小说《竞选州长》。

　　C. 贾探春在宁国府因人治事，因事治人，对症下药。荣、宁二府的各种事物应酬虽然繁多，却被她打理得井井有条，赢得上下的一致赞誉。

　　D.19 世纪世界文学史上三大小说家是法国的巴尔扎克、英国的狄更斯、俄国的托尔斯泰，他们的代表作依次是《高老头》《艰难时世》《复活》。

　　2. 下列关于文学常识的表述，正确的一项是（　　　）

　　A. 在闻一多看来，全民族抗战时代，就诗人而言，我们需要的不是讲究技巧的绝妙的琴师，而是像田间那样的时代的鼓手。

B. 北朝民歌，绝大部分是青年男女的恋歌；南朝民歌的题材相当广泛，有的写游牧民族的生活，有的写战乱中人民的疾苦，其中《木兰诗》是我国文学史上的杰作。

C. 杜甫的诗，其主导风格是沉郁顿挫，体现这一风格的诗，比如《茅屋为秋风所破歌》《绝句·两个黄鹂鸣翠柳》《登高》。

D. 元代前期散曲作家以关汉卿和张可久为代表，作品通俗平易，诙谐泼辣；后期代表作家是马致远和乔吉，风格趋于雅正典丽。

人民的诗人——屈原

古今没有第二个诗人像屈原那样曾经被人民热爱的。我说"曾经"，因为今天过着端午节的中国人民，知道屈原这样一个人的实在太少，而知道《离骚》这篇文章的更有限。但这并不妨碍屈原是一个人民的诗人。我们也不否认端午这个节日，远在屈原出世以前，已经存在，而它变成屈原的纪念日，又远在屈原死去以后。也许正因如此，才足以证明屈原是一个真正的人民诗人。惟其端午是一个古老的节日，"和中国人民同样的古老"，足见它和中国人民的生活如何不可分离，惟其中国人民愿意把他们这样一个重要的节日转让给屈原，足见屈原的人格，在他们生活中，起着如何重大的作用。也惟其远在屈原死后，中国人民还要把他的名字，嵌进一个原来与他无关的节日里，才足见人民的生活里，是如何的不能缺少他。端午是一个人民的节日，屈原与端午的结合，便证明了过去屈原是与人民结合着的，也保证了未来屈原与人民还要永远结合着。

是什么使得屈原成为人民的屈原呢？

第一，说来奇怪，屈原是楚王的同姓，却不是一个贵族。战国是一个封建阶级大大混乱的时期，在这混乱中，屈原从封建贵族阶级，早被打落下来，变成一个作为宫廷弄臣的卑贱的伶官，所以，官爵尽管很高，生活尽管和王公们很贴近，他，屈原，依然和人民一样，是在王公们脚下被践踏着的一个。这样，首先在身份上，屈原便是属于广大人民群众的。

第二，屈原最主要的作品——《离骚》的形式，是人民的艺术形式，"一篇题材和秦始皇命博士所唱的'仙真人诗'一样的歌舞剧"。虽则它可能是在宫廷中演出的。至于他的次要的作品——《九歌》，是民歌，那更是明显，而为历来多数的评论家所公认了。

第三，在内容上；《离骚》"怨恨怀王，讥刺椒兰"，无情的暴露了统治阶层的罪行，严正的宣判了他们的罪状，这对于当时那在水深火热中敢怒而不敢言的人民，是一个安慰，也是一个兴奋。用人民的形式，喊出了人民的愤怒，《离骚》的成功不仅是艺术的，而且是政治的，不，它的政治的成功，甚至超过了艺术的成功，因为人民是最富于正义感的。

但，第四，最使屈原成为人民热爱与崇敬的对象的，是他的"行义"，不是他的"文采"。如果对于当时那在暴风雨前窒息得奄奄待毙的楚国人民，屈原的《离骚》唤醒了他们的反抗情绪，那么，屈原的死，更把那反抗情绪提高到爆炸的边沿，只等秦国的大军一来，就用那溃退和叛变的方式，来向他们万恶的统治者，实行报复性的反击。（楚亡于农民革命，不亡于秦兵，而楚国农民的革命性的优良传统，在此后陈胜吴广对秦政府的那一着上，表现得尤其清楚。）历史决定了暴风雨的时代必然要来到，屈原一再的给这时代执行了"催生"的任务，屈原的言，行，无一不是与人民相配合的，虽则也许是不自觉的。有人说他的死是"匹夫匹妇自经于沟壑"，对极了，匹夫匹妇的作风不正是人民革命的方式吗？

以上各条件，若缺少了一件，便不能成为真正的人民诗人。尽管陶渊明歌颂过农村，农民不要他，李太白歌颂过酒肆，小市民不要他，因为他们既不属于人民，也不是为着人民的。杜甫是真心为着人民的，然而人民听不懂他的话。屈原虽没写人民的生活，诉人民的痛苦，然而实质的等于领导了一次人民革命，替人民报了一次仇。屈原是中国历史上惟一有充分条件称为人民诗人的人。

诗歌

红 烛

《红烛》是诗人同名诗集中的序诗，这么说来，自然是诗人用心用力写的一首代表诗人水平的诗歌。在这首诗歌中，诗人写了自己的理想，这就是拯救世人的灵魂，为"培出慰藉的花儿，结成快乐的果子"，也写了自己在奉献的过程中遭遇了恶势力"残风"的打击。可以说，这首诗是读懂整本诗集的一把金钥匙，值得我们给以特别重视。

"蜡炬成灰泪始干。"

——李商隐

红烛啊！
这样红的烛！
诗人啊！
吐出你的心来比比，
可是一般颜色？

红烛啊！
是谁制的蜡——给你躯体？
是谁点的火——点着灵魂？

名师点评
一个"吐"字形象生动地表达出了作者甘于奉献的赤子之心。

068

为何更须烧蜡成灰，
然后才放光出？
一误再误；
矛盾！冲突！

红烛啊！
不误，不误！
原是要"烧"出你的光来——
这正是自然的方法。

红烛啊！
既制了，便烧着！
烧罢！烧罢！
烧破世人的梦，
烧沸世人的血——
也救出他们的灵魂，
也捣破他们的监狱！

红烛啊！
你心火发光之期，
正是泪流开始之日。

红烛啊！
匠人造了你，
原是为烧的。
既已烧着，
又何苦伤心流泪？

名师点评

实际上"红烛"就是作者，作者就是红烛。红烛的躯体、灵魂就是作者的躯体、灵魂。"矛盾""冲突"，表达出了作者在追求人生理想与价值的过程中遭遇到的挫折与迷茫。

名师点评

结合上文，思考一下这四句话歌颂了"红烛"怎样的品格？

名师点评

作者在诗歌的每一段都以"红烛啊！"为开头，使诗歌具备了整体格式上的形式美。"啊、哦"等感叹词的使用大大增加了诗歌的抒情性，让诗歌的情感抒发更加充沛，更有感染力。

哦！我知道了！

是残风来侵你的光芒，

你烧得不稳时，

才着急得流泪！

红烛啊！

流罢！你怎能不流呢？

请将你的脂膏，

不息地流向人间，

培出慰藉的花儿，

结成快乐的果子！

红烛啊！

你流一滴泪，灰一分心。

灰心流泪你的果，

创造光明你的因。

红烛啊！

"莫问收获，但问耕耘。"

名师点评

作者运用反问的修辞手法，肯定了红烛要"流泪"，表达出了自己发光发热、无私奉献、追求理想的无悔信念。

名师点评

这是作者的人生宣言。在自己人生理想的探索之路上，作者告诉自己要付出、务实、坚忍，不要关心结果会是什么样子的，"只要选择了远方，便只顾风雨兼程"。

阅读鉴赏

　　这首诗特别重视抒情。每一小节第一行都是"红烛啊"，反复咏叹；除此之外，还多用连续反复，比如"不误，不误"，再比如"烧罢！烧罢"。可以说，反复修辞方法的运用，让诗人的抒情淋漓尽致。

　　这首诗含蓄蕴藉。在诗歌中，诗人以红烛自比，在此基础上，抓住喻体"红烛"的特点扩展开来，表现自己的思想感情。可以说，如果没有红烛这个喻体，诗人的思想感情的表现也就没有了依托；没有了依托，也就没有了艺术可言。

◈◈ 知识拓展 ◈◈

《红烛》是中国现代著名诗集，闻一多的第一部诗作。经郭沫若介绍，于1923年9月由泰东书局印行。初版本收六十二首。题材广泛，内容丰富，或抒发诗人的爱国之情，或批判封建统治下的黑暗，或反映劳动人民的苦难，或描绘自然的美景。构思精巧，想象新奇，语言形象生动。

◈◈ 考题链接 ◈◈

1. 下列关于文学常识的表述，不正确的一项是（　　　）

A. 盛唐出现了两大诗歌流派，这就是山水田园诗派和边塞诗派。前者的代表人物有王维、孟浩然，后者的代表人物有高适、岑参。

B. 《红烛》是诗人闻一多的第一部诗集，经郭沫若介绍，于1923年9月由泰东书局印行，其中的序诗，标题也是《红烛》。

C. 《战国策》主要记载战国时期谋臣策士纵横捭阖的斗争及有关的谋议或辞说。《邹忌讽齐王纳谏》《烛之武退秦师》都选自《战国策》。

D. 欧阳修是北宋诗文革新运动的领袖，他坚持文道合一的创作主张，提倡平易畅达的文风，所作散文富于情韵。

2. 下列关于文学常识的表述，不正确的一项是（　　　）

A. 《红烛》这首序诗，闻一多运用间隔反复和连续反复，淋漓尽致地抒发了自己的思想感情；由于喻体"红烛"的选用，这首诗又写得含蓄蕴藉。

B. 泰戈尔是印度著名作家、诗人，于1913年获得诺贝尔文学奖，诗集《吉檀迦利》是获奖作品。

C. 果戈理，19世纪俄国批判现实主义作家，代表作有讽刺喜剧《死魂灵》和长篇小说《钦差大臣》。

D. 《阿里巴巴和四十大盗》《渔夫的故事》是《一千零一夜》中的故事，该书是古代阿拉伯民间故事集。

西　岸

"He has a lusty spring, when fancy clear
Takes in all beauty within an easy span."

——Keats

这里是一道河，一道大河，
宽无边，深无底；
四季里风姨巡遍世界，
便回到河上来休息；
满天糊着无涯的苦雾，
压着满河无期的死睡。
河岸下酣睡着，河岸上
反起了不断的波澜，
啊！卷走了多少的痛苦！
淘尽了多少的欣欢！
多少心被羞愧才鞭驯，
一转眼被虚荣又煽癫！
鞭下去，煽起来，
又莫非是金钱的买卖。
黑夜哄着聋瞎的人马，
前潮刷走，后潮又挟回。
没有真，没有美，没有善，

更哪里去找光明来!

但不怕那大泽里,
风波怎样凶,水兽怎样猛,
总难惊破那浅水芦花里
那些小草的幽梦,——
一样的,有个人也逃脱了
河岸上那纷纠的樊笼。
他见了这宽深的大河,
便私心唤醒了些疑义:
分明是一道河,有东岸,
岂有没个西岸的道理?
啊!这东岸的黑暗恰是那
西岸的光明的影子。

但是满河无期的死睡。
撑着满天无涯的雾幕;
西岸也许有,但是谁看见?
哎……这话也不错。
"恶雾遮不住我,"心讲道,
"见不着,那是目的过!"
有时他忽见浓雾变得
绯样薄,在风翅上荡漾;
雾缝里又筛出些
丝丝的金光洒在河身上。
看!那里!可不是个大鼋背?
毛发又长得那样长。

不是的！倒是一座小岛
戴着一头的花草：
看！灿烂的鱼龙都出来
晒甲胄，理须桡；
鸳鸯洗刷完了，喙子
插在翅膀里，睡着觉了。
鸳鸯睡了，百鳞退了——
满河一片凄凉；
太阳也没兴，卷起了金练，
让雾帘重往下放：
恶雾瞪着死水，一切的
于是又同从前一样。

"啊！我懂了，我何曾见着
那美人的容仪？
但猜着蠕动的绣裳下，
定有副美人的肢体。
同一理：见着的是小岛，
猜着的是岸西。"

"一道河中一座岛，河西
一盏灯光被岛遮断了。"
这语声到处，是有些人
鹦哥样，听熟了，也会叫；
但是那多数的人
不笑他发狂，便骂他造谣。

也有人相信他，但还讲道：
"西岸地岂是为东岸人？
若不然，为什么要划开
一道河，这样宽又这样深？"
有人讲："河太宽，雾正密。
找条陆道过去多么稳！"
还有人明晓得道儿
只这一条，单恨生来错——
难学那些鸟儿飞着渡，
难学那些鱼儿划着过，
却总都怕说得："搭个桥，
穿过岛，走着过！"为什么？

时间的教训

太阳射上床，惊走了梦魂。

昨日的烦恼去了，今日的还没来呢。

啊！这样肥饱的鹑声，

稻林里撞挤出来——来到我心房酿蜜，

还同我的，万物的蜜心，

融合作一团快乐——生命的唯一真义。

此刻时间望我尽笑，

我便合掌向他祈祷："赐我无尽期！"

可怕！那笑还是冷笑；

那里？他把眉尖锁起，居然生了气。

"地得！地得！"听那壁上的钟声，

果同快马狂蹄一般地奔腾。

那骑者还仿佛吼着：

"尽可多多创造快乐去填满时间；

那可活活缚着时间来陪着快乐？"

黄 昏

太阳辛苦了一天，
赚得一个平安的黄昏，
喜得满面通红，
一气直往山洼里狂奔。

黑暗好比无声的雨丝，
慢慢往世界上飘洒……
贪睡的合欢叠拢了绿鬓，钩下了柔颈，
路灯也一齐偷了残霞，换了金花；
单剩那喷水池
不怕惊破别家的酣梦，
依然活泼泼地高呼狂笑，独自玩耍。

饭后散步的人们，
好像刚吃饱了蜜的蜂儿一窠，
三三五五的都往
马路上头，板桥栏畔飞着。
嗡……嗡……嗡……听听唱的什么——

是花色的美丑？
是蜜味的厚薄？

是女王的专制？
是东风的残虐？

啊！神秘的黄昏啊！
问你这首玄妙的歌儿，
这辈嚣喧的众生
谁个唱的是你的真义？

印 象

一望无涯的绿茸茸的——
是青苔？是蔓草？是禾稼？是病眼发花？——
只在火车窗口像走马灯样旋着。
仿佛死在痛苦的海里泅泳——
他的披毛散发的脑袋
在噤哑无声的绿波上漂着——
是簇簇的杨树林攒出禾面。

绿杨遮着作工的——神圣的工作！
骍红的赤膊摇着枯涩的辘轳，
向地母哀求世界的一线命脉。
白杨守着休息的——无上的代价！——
孤零零的一座秃头的黄土堆，
拥着一个安闲，快乐，了无知识的灵魂，
长眠，美睡，禁止百梦的纷扰。
啊！神圣的工作！无上的代价！

美与爱

窗子里吐出娇嫩的灯光——
两行鹅黄染的方块镶在墙上；
一双枣树的影子，像堆大蛇，
横七竖八地睡满了墙下。

啊！那颗大星儿！嫦娥的侣伴！
你无端绊住了我的视线；
我的心鸟立刻停了他的春歌，
因他听了你那无声的天乐。

听着，他竟不觉忘却了自己，
一心只要飞出去找你，
把监牢的铁槛也撞断了；
但是你忽然飞地不见了！

屋角的凄风悠悠叹了一声，
惊醒了懒蛇滚了几滚；
月色白得可怕，许是恼了？
张着大嘴的窗子又像笑了！

可怜的鸟儿，它如今回了，

嗓子哑了，眼睛瞎了，心也灰了；

两翅洒着滴滴的鲜血，——

是爱的代价，美的罪孽！

风　波

我戏将沉檀焚起来祀你，
哪知他会烧的这样狂！
他虽散满一世界的异香，
但是你的香吻没有抹尽的
那些渣滓，却化作了云雾
满天，把我的两眼障瞎了；
我看不见你，便放声大哭，
像小孩寻不见他的妈了。
立刻你在我耳旁低声地讲：
（但你的心也雷样地震荡）
"在这里，大惊小怪地闹些什么？
一个好教训哦！"说完了笑着。
爱人！这戏禁不得多演；
让你的笑焰把我的泪晒干！

幻中之邂逅

太阳落了，责任闭了眼睛，
屋里朦胧的黑暗凄酸的寂静，
钩动了一种若有若无的感情，
——快乐和悲哀之间的黄昏。

仿佛一簇白云，濛濛漠漠，
拥着一只素氅朱冠的仙鹤——
在方才淌进的月光里浸着，
那娉婷的模样就是她么？

我们都还没吐出一丝儿声响；
我刚才无心地碰着她的衣裳，
许多的秘密，便同奔川一样，
从这摩触中不歇地冲洄来往。

忽地里我想要问她到底是谁，
抬起头来……月在哪里？人在哪里？
从此狰狞的黑暗，咆哮的静寂，
便扰得我辗转空床，通夜无睡。

志　愿

马路上歌啸的人群

泛滥横流着，

好比一个不羁的青年的意志。

银箔似的溪面一意地

要板平他那难看的皱纹。

两岸的绿杨争着

迎接视线到了神秘的尽头——

原来哪里是尽头？

是视线的长度不够！

啊！主呀，我过了那道桥以后，

你将怎样叫我消遣呢？

主啊！愿这腔珊瑚似的鲜血

染得成一朵无名的野花，

这阵热气又化些幽香给他，

好攒进些路人的心里烘着吧！

只要这样，切莫又赏给我

这一副腥秽的躯壳！

主呀！你许我吗？许了我吧！

深夜的泪

生波停了掀簸；
深夜啊！——
沉默的寒潭！
澈虚的古镜！

行人啊！
回转头来，
照照你的颜容吧！
啊！这般憔悴……

轻柔的泪，
温热的泪，
洗得净这仆仆的征尘？
无端地一滴滴流到唇边，
想是要你尝尝它的滋味；
这便是生活的滋味！

枕儿啊！
紧紧地贴着！
请你也尝尝它的滋味。

唉！若不是你，
这腐烂的骷髅，
往哪里靠啊！

更鼓啊！
一声声这般急切；
便是生活的战鼓吧？
唉！擂断了心弦，
搅乱了生波……

战也是死，
逃也是死，
降了我不甘心。
生活啊！
你可有个究竟？

啊！宇宙的生命之酒，
都将酌进上帝的金樽。
不幸的浮沤！
怎地偏酌漏了你呢？

死

啊！我的灵魂的灵魂！

我的生命的生命，

我一生的失败，一生的亏欠。

如今要都在你身上补足追偿，

但是我有什么

可以求于你的呢？

让我淹死在你眼睛的汪波里！

让我烧死在你心房的熔炉里！

让我醉死在你音乐的琼醪里！

让我闷死在你呼吸的馥郁里！

不然，就让你的尊严羞死我！

让你的酷冷冻死我！

让你那无情的牙齿咬死我！

让那寡恩的毒剑螫死我！

你若赏给我快乐，

我就快乐死了；

你若赐给我痛苦，

我也痛苦死了；

死是我对你唯一的要求，

死是我对你无上的贡献。

春之首章

浴人灵魂的雨过了：
薄泥到处啮人的鞋底。
凉飕挟着湿润的土气
在鼻蕊间正冲突着。

金鱼儿今天许不大怕冷了？
个个都敢于浮上来呢！

东风苦劝执拗的蒲根，
将才睡醒的芽儿放了出来。
春雨过了，芽儿刚抽到寸长，
又被池水偷着吞去了。
亭子角上几根瘦硬的，
还没有赶上春的榆枝，
印在鱼鳞似的天上；
像一页淡蓝的朵云笺，
上面涂了些僧怀素的
铁画银钩的草书。

丁香枝上豆大的蓓蕾，
包满了包不住的生意，

呆呆地望着寥廓的天宇，
盘算它明日的荣华——
仿佛一个出神的诗人
在空中编织未成的诗句。

春啊！明显的秘密哟！
神圣的魔术哟！

啊！我忘了我自己，春啊！
我要提起我全身的力气，
在你那绝妙的文章上
加进这丑笨的一句哟！

春之末章

被风惹恼了的粉蝶，
试了好几处的枝头，
总抱不大稳，率性就舍开，
忽地不知飞向哪里去了。
啊！大哲的梦身啊！
了无黏滞的达观者哟！

太轻狂了哦！杨花！
依然吩咐两丝粘住吧。

娇绿的坦张的荷钱啊！
不息地仰面朝上帝望着，
一心地默祷并且赞美他——
只要这样，总是这样，
开花结实的日子便快了。

一气的酣绿里忽露出
一角汉纹式的小红桥，
真红得快叫出来了！

小孩儿们也太好玩了啊！

镇日里蓝的白的衫子
骑满竹青石栏上垂钓。
他们的笑声有时竟脆得像
坍碎了一座琉璃宝塔一般。
小孩们总是这样好玩呢!

绿纱窗里筛出的琴声。
又是画家脑子里经营着的
一帧美人春睡图:
细熨的柔情,娇羞的倦致,
这般如此,忽即忽离,
啊!迷魂的律吕啊!

音乐家啊!垂钓的小孩啊!
我读完这春之宝笈的末章,
就交给你们永远管领着吧!

初夏一夜的印象
——一九二二年五月直奉战争时

夕阳将诗人交付给烦恼的夜了，
叮咛道："把你的秘密都吐给他了吧！"

紫穹窿下洒着些碎了的珠子——
诗人想：该穿成一串，挂在死的胸前。

阴风的冷爪子刚扒过饿柳的枯发，
又将池里的灯影儿扭成几道金蛇。

贴在山腰下伛偻得可怕的老柏，
拿着黑瘦的拳头硬和太空挑衅。

失睡的蛙们此刻应该有些倦意了，
但依旧努力地叫着水国的军歌。

个个都吠得这般沉痛，村狗啊！
为什么总骂不破盗贼的胆子？

嚼火漱雾的毒龙在铁梯上爬着，

驮着灰色号衣的战争，吼的要哭了。

铜舌的报更的磬，屡次安慰世界，
请他放心睡去，……世界哪肯信他哦！

上帝啊！眼看着宇宙糟蹋到这样，
可也有些寒心吗？仁慈的上帝哟！

红荷之魂

名师导读

　　《红荷之魂》是诗人从美的形体中开掘出美的灵魂的一次成功尝试，它将红荷的形与神完美地结合在一起，借自然物的优美明澈投射出人类主体精神的高尚圣洁。该作品寄托了诗人高洁的情思，也寄寓了他美好纯洁的社会理想。

序

　　盆莲饮雨初放，折了几枝，供在案头，又听侄辈读周茂叔的《爱莲说》，便不得不联想及于三千里外《荷花池畔》的诗人。赋此寄呈实秋，兼上景超及其他在西山的诸友。

太华玉井的神裔啊！
不必在污泥里久恋了。
这玉胆瓶里的寒浆有些冽骨吗？
那原是没有堕世的山泉哪！

高贤的文章啊！雏凤的律吕啊！
往古来今竟携了手来谀媚着你。

名师点评
作者开篇出手不凡，用高雅清丽的笔调热情洋溢地赞美了红荷超凡脱俗、亭亭玉立的不凡形象。

095

来吧！听听这蜜甜的赞美诗吧！

抱霞摇玉的仙花呀！

看着你的躯体，

我怎不想到你的灵魂？

灵魂啊！到底又是谁呢？

是千叶宝座上的如来，

还是丈余红瓣中的太乙呢？

是五老峰前的诗人，

还是洞庭湖畔的骚客呢？

红荷的魂啊！

爱美的诗人啊！

便稍许艳一点儿，

还不失为"君子"。

看那颗颗坦张的荷钱啊！

可敬的——向上的虔诚，

可爱的——圆满的个性。

花魂啊！佑他们充分地发育吧！

花魂啊，

须提防着，

不要让菱芡藻荇的势力

蚕食了泽国的版图。

花魂啊！

要将崎岖的动的烟波，

织成灿烂的静的绣锦。

然后，

高蹈的鸬鹚啊！

热情的鸳鸯啊！

水国烟乡的顾客们啊！……

只欢迎你们来

逍遥着，偃卧着；

因为你们知道了

你们的义务。

❈ 阅读鉴赏 ❈

这首诗好就好在既传统，又现代。"如来""太乙""骚客"等都透着传统、古典；红荷之魂蓬勃热忱，鲜活美丽，饱含着充沛的活力，正直又美好，则是 20 世纪崭新的现代思想和形象。

这首诗好就好在多用象征。如诗人用菱芡、藻荇象征社会上的恶势力，用高蹈的鸬鹚、热情的鸳鸯象征着未来时代自由、活跃，负有社会责任感的新人。象征手法的运用，使得本诗含蓄蕴藉，耐人回味。

❈ 知识拓展 ❈

"荷"又称为"芙蓉""莲"。荷花给人的印象往往是极婷婷、极高洁的，容易让人想起"出水芙蓉""芙蓉仙子"般的绝代佳人。而荷花作为意象，被文人骚客运用于诗歌中，则大体可分为三大类象征义：一是取荷美好形象营造一种雅致的景象，或宁静或欢愉；二是取败荷的形象营造一种衰败意境，或对逝去光阴叹惋，或对生活环境破败惋惜；三是取"芙蓉出淤泥而不染"的品质，托物言志，寄寓自己不愿同流合污的高尚节操。

❖ 考题链接 ❖

1.下列对有关文学常识的表述，不正确的一项是（　　　）

A.长篇章回小说出现在元末明初，其回目都是对偶性的句子，每回结束则有"要知后事任何，且听下回分解"字句，中间常出现"闲话休提，言归正传"字句。

B.本纪按年代顺序记载王侯的言行和政绩，如《项羽本纪》。教材中的《鸿门宴》就选自《项羽本纪》。

C.现代诗歌的主流是新诗。新诗是1919年五四新文学运动时期创始和发展起来的一种新体诗，比如闻一多的《红烛》。

D.八股文，也称制艺、时文、四书文，是明清科举考试制度所规定的文体。每篇由破题、承题、起讲、入手、起股、中股、后股、束股八部分组成。

2.下列对有关文学常识的表述，不正确的一项是（　　　）

A.在《稼轩长短句》《乐章集》《白石道人歌曲》《山谷琴趣外篇》《草堂诗余》中，《白石道人歌曲》《草堂诗余》不是词集。

B.闻一多在《红荷之魂》中，用排比句式将四个有关荷花的典故罗列，衬托出荷花之魂的四种不同倾向：似"如来"般神圣、如"太乙"的飘逸，似"五老峰前的诗人"纯真质朴，如"洞庭湖畔的骚客"正直高尚。

C.疏，是古代臣属进呈帝王的奏章，如贾谊的《论积贮疏》、魏征的《谏太宗十思疏》等。

D.文艺评论，是对文学作品、影视艺术的评论，常采取以议为主、叙议结合、评析结合的写法。例如茅盾的《谈〈水浒〉的人物和结构》。

太阳吟

太阳啊，刺得我心痛的太阳！
又逼走了游子的一出还乡梦，
又加他十二个时辰的九曲回肠！

太阳啊，火一样烧着的太阳！
烘干了小草尖头的露水，
可烘得干游子的冷泪盈眶？

太阳啊，六龙骖驾的太阳！
省得我受这一天天的缓刑，
就把五年当一天跪完那又何妨？

太阳啊——神速的金乌——太阳！
让我骑着你每日绕行地球一周，
也便能天天望见一次家乡！

太阳啊，楼角新升的太阳！
不是刚从我们东方来的吗？
我的家乡此刻可都依然无恙？

太阳啊，我家乡来的太阳！

北京城里的官柳裹上一身秋了罢?
唉! 我也憔悴得同深秋一样!

太阳啊, 奔波不息的太阳!
你也好像无家可归似的呢。
啊! 你我的身世一样地不堪设想!

太阳啊, 自强不息的太阳!
大宇宙许就是你的家乡罢。
可能指示我我的家乡的方向?

太阳啊, 这不像我的山川, 太阳!
这里的风云另带一般颜色,
这里鸟儿唱的调子格外凄凉。

太阳啊, 生活之火的太阳!
但是谁不知你是球东半的情热,
同时又是球西半的智光?

太阳啊, 也是我家乡的太阳!
此刻我回不了我往日的家乡,
便认你为家乡也还得失相偿。

太阳啊, 慈光普照的太阳!
往后我看见你时, 就当回家一次;
我的家乡不在地下乃在天上!

寄怀实秋

泪绳捆住的红烛
已被海风吹熄了；
跟着有一缕犹疑的轻烟，
左顾右盼。
不知往哪里去好。
啊！解体的灵魂哟！
失路的悲哀哟！

在黑暗的严城里，
恐怖方施行他的高压政策：
诗人的尸肉在那里仓皇着，
仿佛一只丧家之犬呢。
莲蕊间酣睡着的恋人啊！
不要灭了你的纱灯：
几时珠箔银绦飘着过来，
可要借给我点燃我的残烛，
好在这阴城里面，
为我照出一条道路。

烛又点燃了，
那时我便作个自然的流萤，

在深更的风露里，
还可以逍遥流荡着，
直到黎明！

莲蕊间酣睡着的骚人啊！
小心那成群打围的飞蛾，
不要灭了你的纱灯哦！

我是一个流囚

我是个年壮力强的流囚，
我不知道我犯的是什么罪。

黄昏时候，
他们把我推出门外了，
幸福的朱扉已向我关上了，
金甲紫面的门神
举起宝剑来逐我；
我只得闯进缜密的黑暗，
犁着我的道路往前走。

忽地一座壮阁的飞檐，
像只大鹏的翅子
插在浮沤密布的天海上：
字格的窗棂里
泻出醺人的灯光，黄酒一般地酽；
哀宕淫热的笙歌，
被激愤的檀板催窘了，
螺旋似的锤进我的心房：
我的身子不觉轻去一半，
仿佛在那孔雀屏前跳舞了。

啊快乐——严懔的快乐——

抽出他的讥诮的银刀，

把我刺醒了；

哎呀！我才知道——

我是快乐的罪人，

幸福之宫里逐出的流囚，

怎能在这里随便打溷呢？

走吧！再走上那没有尽头的黑道吧！

唉！但是我受伤太厉害；

我的步子渐渐迟重了；

我的鲜红的生命，

渐渐染了脚下的枯草！

我是个年壮力强的流囚，

我不知道我犯的是什么罪。

李白之死

世俗流传太白以捉月骑鲸而终，本属荒诞。此诗所述亦凭臆造，无非欲借以描画诗人的人格罢了。读者不要当作历史看就对了。

我本楚狂人，《凤歌》笑孔丘。

——李白

一对龙烛已烧得只剩光杆两枝，
却又借回已流出的浓泪的余脂，
牵延着欲断不断的弥留的残火，
在夜的喘息里无效地抖擞振作。
杯盘狼藉在案上，酒坛睡倒在地下，
醉客散了，如同散阵投巢的乌鸦；
只那醉得最很，醉得如泥的李青莲
(全身的骨架如同脱了榫的一般)
还歪倒倒的在花园的椅上堆着，
口里喃喃地，不知道的说些什么。
声音听不见了，嘴唇还喋着不止；
忽地那络着密密红丝网的眼珠子。
(他自身也像一个微小的醉汉)
对着那怯懦的烛焰瞪了半天：

仿佛一只饿狮，发见了一个小兽，

一声不响，两眼睁睁地望他尽瞅；

然后轻轻地缓缓地举起前脚，

便迅雷不及掩耳，忽地往前扑着——

像这样，桌上两对角摆着的烛架，

都被这个醉汉拉倒在地下。

"哼哼！就是你，你这可恶的作怪，"

他从咬紧的齿缝里泌出声音来，

"碍着我的月儿不能露面哪！

月儿啊！你如今应该出来了吧！

哈哈！我已经替你除了障碍，

骄傲的月儿，你怎么还不出来？

你是瞧不起我吗？啊，不错！

你是天上广寒宫里的仙娥，

我呢？不过那戏弄黄土的女娲

散到六合里来的一颗尘沙！①

啊！不是！谁不知我是太白之精？

我母亲没有在梦里会过长庚？②

月儿，我们星月原是同族的，

我说我们本来是很面熟呢！"

在说话时他没留心那黑树梢头

渐渐有一层薄光将天幕烘透，

---

① "女娲戏黄土，团作愚下人，散在六合间，蒙蒙如沙尘。"——《上云乐》。（作者注）

② "惊姜之夕，长庚入梦，故生而名白，以太白字之。"——李阳冰《草堂集序》。（作者注）

几朵铅灰云彩一层层都被烘黄，
忽地有一个琥珀盘轻轻浮上，
（却又像没动似的）他越浮得高，
越缩越小；颜色越褪淡了，直到
后来，竟变成银子样的白的亮——
于是全世界都浴着伊的晶光。
簇簇的花影也次第分明起来，
悄悄爬到人脚下偎着，总躲不开——
像个小狮子狗儿睡醒了摇摇耳朵，
又移到主人身边懒洋洋地睡着。
诗人自身的影子，细长得可怕的一条，
竟拖到五步外的栏杆上坐起来了。
从叶缝里筛过来的银光跳荡，
啮着环子的兽面蠢似一朵缩菌，
也鼓着嘴儿笑了，但总笑不出声音。
桌上一切的器皿，接受复又反射
那闪灼的光芒，又好像日下的盔甲。

这段时间中，他通身的知觉都已死去，
那被酒催迫了的呼吸几乎也要停驻；
两眼只是对着碧空悬着的玉盘，
对着他尽看，看了又看，总看不倦。
"啊！美呀！'他叹道，"清寥的美！莹澈的美！
宇宙为你而存吗？你为宇宙而在？
哎呀！怎么总是可望而不可即！
月儿呀月儿！难道我不应该爱你？

难道我们永远便是这样隔着？

月儿，你又总爱涎着脸皮跟着我；

等我被你媚狂了，要拿你下来，

却总攀你不到。唉！这样狠又这样乖！

月啊！你怎同天帝一样地残忍！

我要白日照我这至诚的丹心，

狰狞的怒雷又砑訇地吼我；

我在落雁峰前几次朝拜帝座，①

额撞裂了，嗓叫破了，阊阖还不开。

吾爱啊！帝旁擎着雉扇的吾爱！

你可能问帝，我究犯了哪条天律？

把我谪了下来，还不召我回去？②

帝啊！帝啊！我这罪过将永不能赎？

帝呀！我将无期地囚在这痛苦之窟？"

又圆又大的热泪滚向膨胀的胸前，

却有水银一般地沉重与灿烂；

又像是刚同黑云碰碎了的明月

溅下来点点的残屑，炫目的残屑。

"帝啊！既遣我来，就莫生他们！"他又讲，

"他们，那般妖媚的狐狸，猜狠的豺狼！

我无心作我的诗，谁想着骂人呢？

---

① "李白登华山落雁峰曰："此山最高，呼吸之气想通天帝座矣。恨不携谢朓惊人诗来搔首问青天耳！"——《云仙杂记》（作者注）
② 贺知章称白为"谪仙人"。（作者注）

他们小人总要忍心地吹毛求疵，

说那是讥诮伊的。哈哈！这真是笑话！

他是个什么人？他是个将军吗？

将军不见得就不该替我脱靴子。

唉！但是我为什么要作那样好的诗？

这岂不自作的孽，自招的罪？……①

哪里？我哪里配得上谈诗？不配，不配；

谢玄晖才是千古的大诗人呢！——

那吟'余霞散成绮，澄江净如练'的

谢将军，诗既作的那么好——真好！——

但是哪里像我这样地坎坷潦倒？"②

然后，撑起胸膛，他长长地叹了一声。

只自身的影子点点头，再没别的同情？

这叹声，便似平远的沙汀上一声鸟语，

叫不应回音，只悠悠地独自沉没，

终于无可奈何，被宽嘴的寂静吞了。

"啊'澄江净如练，'这种妙处谁能解道？

记得那回东巡浮江的一个春天——③

两岸旌旗引着腾龙飞虎回绕碧山——

果然如是，果然是白练满江……

---

①高力士以脱靴事蓄怨于白。玄宗尝与太真赏花于沉香亭，诏白为乐章；白作"清平调"以献。力士摘之以谮于太真。自是帝每欲重用白，辄为太真所阻。——见《唐书》本传（作者注）

②白生平最服膺谢朓，诗中屡次称道。有句云："解道'澄江净如练'，令人长忆谢玄晖。"（作者注）

③白尝依永王璘；有《永王东巡歌》十一首。（作者注）

唔？又讲起他的事了？冤枉啊！冤枉！

夜郎有的是酒，有的是月，我岂怨嫌？①

但不记得那天夜半，我被捉上楼船！②

我企望谈谈笑笑，学着仲连安石们，

替他们解决些纷纠，扫却了胡尘。③

哈哈！谁又知道他竟起了野心呢？

哦，我竟被人卖了！但一半也怪我自身？"

这样他便将那成灰的心渐渐扇着，

到底又得痛饮一顿，浇熄了愁的火，

谁知道这愁竟像田单的火牛一般：

热油淋着，狂风扇着，越奔火越燃，

毕竟虽烧焦了骨肉，牺牲了生命，

那束刃的彩帛却焕成五色的龙文：

如同这样，李白那煎心烙肺的愁焰，

也便烧得他那幻象的轮子急转，

转出了满牙齿上攒着的"丽藻春葩"。

于是他又讲，"月儿！若不是你和他，"

手指着酒壶，"若不是你们的爱护，

我这生活可不还要百倍地痛苦？

啊！可爱的酒！自然赐给伊的骄子——

诗人的恩俸！啊，神奇的射愁的弓矢！

---

① 永王作乱，事败；白流于夜郎。（作者注）

② "半夜水军来，……迫胁上楼船。"——《赠江夏太守》。（作者注）

③ "但用山东谢安石，为君谈笑静胡沙。"——《永王东巡歌》；"所冀旄头灭，功成追鲁连。"——《在水军宴赠幕府诸公》（作者注）

开启琼宫的管钥！琼宫开了：

那里有鸣泉漱石，玲鳞怪羽，仙花逸条；

又有琼瑶的轩馆同金碧的台榭；

还有吹不满旗的灵风推着云车，

满载霓裳缥缈，彩珮玲珑的仙娥，

给人们颁送着驰魂宕魄的天乐。

啊！是一个绮丽的蓬莱的世界，

被一层银色的梦轻轻地锁着在！"

啊！月呀！可望而不可即的明月！

当我看你看得正出神的时节，

我只觉得你那不可思议的美艳，

已经把我全身溶化成水质一团，

然后你那提挈海潮的全副的神力，

把我也吸起，浮向开遍水钻花的

碧玉的草场上；这时我肩上忽展开

一双翅膀，越张越大，在空中徘徊，

如同一只大鹏浮游于八极之表。①

哦，月儿，我这时不敢正眼看你了！

你那太强烈的光芒刺得我心痛。……

忽地一阵清香搅着我的鼻孔，

我吃了一个寒噤，猛开眼一看，……

哎呀！怎地这样一副美貌的容颜！

丑陋的尘世！你哪有过这样的副本？

---

① "余昔于江陵，见天台司马子微，谓余有仙风道骨，可与神游八极之表。因著《大鹏遇希有鸟赋》以自广。"——《大鹏赋序》。（作者注）

啊！布置得这样调和，又这般端正，

竟同一阕鸾凤和鸣的乐章一般！

哦，我如何能信任我的这双肉眼？

我不相信宇宙间竟有这样的美！

啊，大胆的我哟，还不自惭形秽，

竟敢现于伊前！——啊！笨愚呀糊涂！——

这时我只觉得头昏眼花，血凝心沍；

我觉得我是污烂的石头一块，

被上界的清道夫抛掷了下来，

掷到一个无垠的黑暗的虚空里，

坠降，坠降，永无着落，永无休止！

月儿初还在池下丝丝柳影后窥看，

像沐罢的美人在玻璃窗口晾发一般；

于今却已姗姗移步出来，来到了池西；

夜飔的私语不知说破了什么消息，

池波一皱，又惹动了伊娴静的微笑。

沉醉的诗人忽又战巍巍地站起了，

东倒西歪地挨到池边望着那晶波。

他看见这月儿，他不觉惊讶地想着：

如何这里又有一个伊呢？奇怪！奇怪！

难道天有两个月，我有两个爱？

难道刚才伊送我下来时失了脚；

掉在这池里了吗？——这样他正疑着……

他脚底下正当活泼的小涧注入池中，

被一丛刚劲的菖蒲鲠塞了喉咙，

便咯咯地咽着，像喘不出气的呕吐。

他听着吃了一惊，不由得放声大哭：

"哎呀！爱人啊！淹死了，已经叫不出声了！"

他翻身跳下池去了，便向伊一抱，

伊已不见了，他更惊慌地叫着，

却不知道自己也叫不出声了！

他挣扎着向上猛踊，再昂头一望，

又见圆圆的月儿还平安地贴在天上。

他的力已尽了，气已竭了，他要笑，

笑不出了，只想道："我已救伊上天了！"

剑　匣

I built my soul a lordly pleasure–house,

　　Wherein at ease for aye to dwell,

　　……

And "While the world runs round and round", I said,

　　"Reign thou apart, a quiet king,

Still as, while saturn whirls, his steadfast shade

　　Sleeps on his luminous ring".

To which my soul made answer readily:

　　"Trust me in bliss I shall abide

In this great mansion, that is built for me,

　　So royal–rich and wide".

　　　　　　　　　　　　　——Tennyson

在生命的大激战中，
我曾是一名盖世的骁将。
我走到四面楚歌的末路时，
并不同项羽那般顽固，
定要投身于命运的罗网。
但我有这绝岛作了堡垒，
可以永远驻扎我的退败的心兵。
在这里我将养好了我的战创，

在这里我将忘却了我的仇敌。

在这里我将作个无名的农夫，
但我将让闲情的芜蔓
蚕食了我的生命之田。
也许因为我这肥泪的无心的灌溉，
一旦芜蔓还要开出花来呢？
那我就整日徜徉在田塍上，
饱喝着他们的明艳的色彩。

我也可以作个海上的渔夫：
我将撒开我的幻想之网。
在寥阔的海洋里；
在放网收网之间，
我可以坐在沙岸上做我的梦，
从日出梦到黄昏……
假若撒起网来，不是一些鱼虾，
只有海树珊瑚同含胎的老蚌，
那我却也喜出望外呢。
有时我也可佩佩我的旧剑，
踱山进去作个樵夫。
但群松舞着葱翠的干戚，
雍容地唱着歌儿时，
我又不觉得心悸了。

我立刻套上我的宝剑，
在空山里徘徊了一天。

有时看见些奇怪的彩石，

我便拾起来，带了回去；

这便算我这一日的成绩了。

但这不是全无意识的。

现在我得着这些材料，

我真得其所了；

我可以开始我的工匠生活了，

开始修葺那久要修葺的剑匣。

我将摊开所有的珍宝，

陈列在我面前，

一样样的雕着，镂着，

磨着，重磨着……

然后将他们都镶在剑匣上，——

用我的每出的梦作蓝本，

镶成各种光怪陆离的图画。

我将描出白面美髯的太乙

卧在粉红色的荷花瓣里，

在象牙雕成的白云里飘着。

我将用墨玉同金丝

制出一只雷纹镶嵌的香炉；

那炉上驻着袅袅的篆烟，

许只可用半透明的猫儿眼刻着。

烟痕半消未灭之处，

隐约地又升起了一个玉人，

仿佛是肉袒的维纳司呢……

这块玫瑰玉正合伊那肤色了。

晨鸡惊耸地叫着，

我在蛋白的曙光里工作，

夜晚人们都睡去，我还作着工——

烛光抹在我的直陡的额上，

好像紫铜色的晚霞

映在精赤的悬崖上一样。

我又将用玛瑙雕成一尊梵像，

三首六臂的梵像，

骑在鱼子石的象背上。

珊瑚作他口里含着的火，

银线瓣成他腰间缠着的蟒蛇，

他头上的圆光是块琥珀的圆璧。

我又将镶出一个瞎人

在竹筏上弹着单弦的古瑟。

（这可要镶得和王叔远的

桃核雕成的《赤壁赋》一般精细。）

然后让翡翠，蓝珰玉，紫石瑛，

错杂地砌成一片惊涛骇浪；

再用碎砾的螺钿点缀着，

那便是涛头闪目的沫花了。

上面再笼着一张乌金的穹窿，

只有一颗宝钻的星儿照着。

春草绿了，绿上了我的门阶，

我同春一块儿工作着：
蟋蟀在我床下唱着秋歌，
我也唱着歌儿作我的活。

我一壁工作着，一壁唱着歌：
我的歌里的律吕
都从手指尖头流出来，
我又将他制成层叠的花边：
有盘龙，对凤，天马，辟邪的花边，
有芝草，玉莲，卍字，双胜的花边。
又有各色的汉纹边
套在最外的一层边外。

若果边上还缺些角花，
把蝴蝶嵌进去应当恰好。
玟瑥刻作梁山伯，
璧玺刻作祝英台，
碧玉，赤瑛，白玛瑙，蓝琉璃，……
拼成各种彩色的凤蝶。
于是我的大功便告成了！

哦，我的大功告成了！
你不要轻看了我这些工作！
这些不伦不类的花样，
你该知道不是我的手笔，
这都是梦的原稿的影本。
这些不伦不类的色彩，

也不是我的意匠的产品，
是我那芜蔓的花儿开出来的。
你不要轻看了我这些工作哟！

哦，我的大功告成了！
我将抽出我的宝剑来——
我的百炼成钢的宝剑，
吻着他，吻着他……
吻去他的锈，吻去他的伤疤；
用热泪洗着他，洗着他……
洗净他上面的血痕，
洗净他罪孽的遗迹；
又在龙涎香上熏着他，
熏去了他一切腥膻的记忆。
然后轻轻把他送进这匣里，
唱着温柔的歌儿，
催他快在这艺术之宫中酣睡。

哦，哦，我的大功告成了！
我的大功终于告成了！
人们的匣是为保护剑的锋芒，
我的匣是要藏他睡觉的。
哦，我的剑匣修成了，
我的剑有了永久的归宿了！

哦，我的剑要归寝了！
我不要学轻佻的李将军，

拿他的兵器去射老虎，

其实只射着一块僵冷的顽石。

哦，我的剑要归寝了！

我也不要学迂腐的李翰林，

拿他的兵器去割流水，

一壁割着，一壁水又流着。

哦，我的兵器只要韬藏，

我的兵器只要酣睡。

我的兵器不要斩芟奸横，

我知道奸横是僵冷的顽石一堆；

我的兵器也不要割着愁苦，

我知道愁苦是割不断的流水。

哦，我的大功告成了！

让我的宝剑归寝了！

我岂似滑头的汉高祖，

拿宝剑斫死了一条白蛇，

因此造一个谣言，

就骗到了一个天下？

哦！天下，我早已得着了啊！

我早坐在艺术的凤阙里，

像大舜皇帝，垂裳而治着

我的波希米亚的世界了啊！

哦！让我的宝剑归寝吧！

我又岂似无聊的楚霸王，

拿宝剑斫掉多少的人头，

一夜梦回听着恍惚的歌声，

忽又拥着爱姬，抚着名马，
提起原剑来刎了自己的颈？

哦！但我又不妨学了楚霸王，
用自己的宝剑自杀了自己。
不过果然我要自杀，
定不用这宝剑的锋芒。
我但愿展玩着这剑匣——
展玩着我这自制的剑匣，
我便昏死在他的光彩里！
哦，我的大功告成了！
我将让宝剑在匣里睡着觉，
我将摩抚着这剑匣，
我将宠媚着这剑匣，——
看着缠着神蟒的梵像，
我将巍巍地抖颤了，
看看筏上鼓瑟的瞎人，
我将号咷地哭泣了；
看看睡在荷瓣里的太乙，
飘在篆烟上的玉人，
我又将迷迷地嫣笑了呢！

哦，我的大功告成了！
我将让宝剑在匣里睡着。
我将看着他那光怪的图画，
重温我的成形的梦幻，
我将看着他那异彩的花边，

再唱着我的结晶的音乐。

啊！我将看着，看着，看着，
看到剑匣战动了，
模糊了，更模糊了
一个烟雾弥漫的虚空了，……

哦！我看到肺脏忘了呼吸，
血液忘了流驶，
看到眼睛忘了看了。
哦！我自杀了！
我用自制的剑匣自杀了！
哦哦！我的大功告成了！

诗 人

人们说我有些像一颗星儿，
无论怎样光明，只好作月儿的伴，
总不若灯烛那样有用——
还要照着世界作工，不徒是好看。

人们说春风把我吹燃，是火样的薇花，
再吹一口，便变成了一堆死灰；
剩下的叶儿像铁甲，刺儿像蜂针，
谁敢抱进他的赤裸的胸怀？

又有些人比我作一座遥山：
他们但愿远远望见我的颜色，
却不相信那白云深处里，
还别有一个世界——一个天国。

其余的人或说这样，或说那样，
只是说得对的没有一个。
"谢谢朋友们！"我说，"不要管我了，
你们那样忙，哪有心思来管我？
你们在忙中觉得热闷时，

风儿吹来，你们无心地喝下了，

也不必问是谁送来的，

自然会觉得他来的正好！"

回　顾

九年的清华的生活，

回头一看——

是秋夜里一片沙漠，

却露着一颗萤火，

越望越光明，

四围是迷茫莫测的凄凉黑暗。

这是红惨绿娇的暮春时节：

如今到了荷池——

寂静的重量正压着池水

连面皮也皱不动——

一片死静！

忽地里静灵退了，

镜子碎了，

个个都喘气了。

看！太阳的笑焰——一道金光，

滤过树缝，洒在我额上；

如今羲和替我加冕了，

我是全宇宙的王！

宇　宙

宇宙是个监狱，
但是个模范监狱；
他的目的在革新，
并不在惩旧。

诗 债

小小的轻圆的诗句，
是些当一的制钱——
在情人的国中
贸易死亡的通宝。

爱啊！慷慨的债主啊！
不等我偿清诗债
就这么匆忙地去了，
怎样也挽留不住。

但是字串还没毁哟！
这永欠的本钱，
仍然在我账本上，
息上添息地繁衍。

若有一天你又回来，
爱啊！要做 Shylock[①] 吗？
就把我心上的肉，
和心一起割给你吧！

① 夏洛克，莎士比亚的戏剧《威尼斯商人》中的主人公，放高利贷的犹太人。

红　豆

"此物最相思。"

——王维

一

红豆似的相思啊！
一粒粒的
坠进生命的磁坛里了……
听他跳激的音声，
这般凄楚！
这般清切！

二

相思着了火，
有泪雨洒着，
还烧得好一点；
最难禁的，
是突如其来，
赶不及哭的干相思。

三

意识在时间的路上旅行：
每逢插起一杆红旗之处，
那便是——
相思设下的关卡，
挡住行人，
勒索路捐的。

四

袅袅的篆烟啊！
是古丽的文章，
淡写相思的诗句。

五

比方有一屑月光，
偷来匍匐在你枕上，
刺着你的倦眼，
撩得你整夜不睡，
你讨厌他不？
那么这样便是相思了！

六

相思是不作声的蚊子，
偷偷地咬了一口，
陡然痛了一下，

以后便是一阵的奇痒。

七

我的心是个没设防的空城，
半夜里忽被相思袭击了，
我的心旌
只是一片倒降；
我只盼望——
他恣情屠烧一回就去了；
谁知他竟永远占据着，
建设起宫墙来了呢？

八

有两样东西，
我总想撇开，
却又总舍不得：
我的生命，
同为了爱人儿的相思。

九

爱人啊！
将我作经线，
你作纬线，
命运织就了我们的婚姻之锦；
但是一帧回文锦哦！

横看是相思。
直看是相思，
顺看是相思。
倒看是相思，
斜看正看都是相思，
怎么看也看不出团圞二字

十

我俩是一体了！
我们的结合，
至少也和地球一般圆满。
但你是东半球，
我是西半球。
我们又自己放着眼泪。
做成了这苍莽的太平洋。
隔断了我们自己。

十一

相思枕上的长夜，
怎样的厌厌难尽啊！
但这才是岁岁年年中之一夜，
大海里的一个波涛。
爱人啊！
叫我又怎样泅过这时间之海？

十二

我们有一天
相见接吻时，
若是我没小心。
掉出一滴苦泪，
渍痛了你的粉颊，
你可不要惊讶！
那里有多少年的
生了锈的情热的成分啊！

十三

我到底是个男子！
我们将来见面时，
我能对你哭完了，
马上又对你笑。
你却不必如此；
你可以仰面望着我，
像一朵湿蔷薇，
在霁后的斜阳里，
慢慢儿晒干你的眼泪。

十四

我把这些诗寄给你了，
这些字你若不全认识，
那也不要紧。

你可以用手指
轻轻摩着他们，
像医生按着病人的脉，
你许可以试出
他们紧张地跳着，
同你心跳的节奏一般。

十五

古怪的爱人儿啊！
我梦时看见的你
是背面的。

十六

在雪黯风骄的严冬里，
忽然出了一颗红日；
在心灰意冷的情绪里，
忽然起了一阵相思——
这都是我没料定的。

十七

讨诗债的债主
果然回来了！
我先不妨
倾了我的家赀还着。
到底实在还不清了，

再剜出我的心头肉，

同心一起付给他吧。

十八

我昼夜唱着相思的歌儿。

他们说我唱得形容憔悴了，

我将浪费了我的生命。

相思啊！

我颂了你吗？

我是吐尽明丝的蚕儿，

死是我的休息；

我诅了你吗？

我是吐出毒剑的蜂儿，

死是我的刑罚。

十九

我是只惊弓的断雁，

我的嘴要叫着你，

又要衔着芦苇，

保障着我的生命。

我真狼狈哟！

二十

扑不灭的相思，

莫非是生命之原上的野烧？

株株小草的绿意，
都要被他烧焦了啊！

二十一

深夜若是一口池塘，
这飘在他的黛漪上的
淡白的小菱花儿，
便是相思的花儿了，
哦！他结成青的，血青的，
有尖角的果子了！

二十二

我们的春又回来了，
我搜尽我的诗句，
忙写着红纸的宜春帖。
我也不妨就便写张
"百无禁忌"。
从此我若失错触了忌讳，
我们都不必介意吧！

二十三

我们是两片浮萍：
从我们聚散的速率，
同距离的远度，
可以看出风儿的缓急，

浪儿的大小。

二十四

我们是鞭丝抽拢的伙伴，
我们是鞭丝抽散的离侣。
万能的鞭丝啊！
叫我们赞颂吗？
还是诅咒呢？

二十五

我们弱者是鱼肉；
我们曾被求福者
重看了盛在笾豆里，
供在礼教的龛前。
我们多么荣耀啊！

二十六

你明白了吗？
我们是照着客们吃喜酒的
一对红蜡烛；
我们站在桌子的
两斜对角上，
悄悄地烧着我们的生命，
给他们凑热闹。
他们吃完了，

我们的生命也烧尽了。

二十七

若是我的话
讲得太多，
讲到末尾，
便胡讲一阵了，
请你只当我灶上的烟囱：
口里虽勃勃地吐着黑灰，
心里依旧是红热的。

二十八

这算他圆满的三绝吧！——
莲子，
泪珠儿，
我们的婚姻。

二十九

这一滴红泪：
不是别后的清愁，
却是聚前的炎痛。

三十

他们削破了我的皮肉，
冒着险将伊的枝儿

强蛮地插在我的茎上。
如今我虽带着瘿肿的疤痕，
却开出从来没开过的花儿了。
他们是怎样狠心的聪明啊！
但每回我瞟出看花的人们
上下抛着眼珠儿，
打量着我的茎儿时，
我的脸就红了！

三十一

哦，脑子啊！
刻着虫书鸟篆的
一块妖魔的石头，
是我的佩刀的砺石，
也是我爱河里的礁石，
爱人儿啊！
这又是我俩之间的界石！

三十二

幽冷的星儿啊！
这般零乱的一团！
爱人儿啊！
我们的命运，
都摆布在这里了！

三十三

冬天的长夜，
好不容易等到天明了，
还是一块冷冰冰的
铅灰色的天宇，
哪里看得见太阳呢？
爱人啊！哭吧！哭吧！
这便是我们的将来哟！

三十四

我是狂怒的海神，
你是被我捕着的一叶轻舟。
我的情潮一起一落之间，
我笑着看你颠簸；
我的千百个涛头
用白晃晃的锯齿咬你，
把你咬碎了，
便和樯带舵吞了下去。

三十五

夜鹰号咷地叫着；
北风拍着门环，
撕着窗纸，
撞着墙壁，
掀着屋瓦，

非闯进来不可。

红烛只不息地淌着血泪，

凝成大堆赤色的石钟乳，

爱人啊！你在哪里？

快来剪去那乌云似的烛花，

快窝着你的素手

遮护着这抖颤的烛焰！

爱人啊！你在哪里？

三十六

当我告诉你们：

我曾在玉箫牙板，

一派悠扬的细乐里，

亲手掀起了伊的红盖帕；

我曾著着银烛，

一壁撷着伊的凤钗，

一壁在伊耳边问道：

"认得我吗？"

朋友们啊！

当你们听我讲这些故事时，

我又在你们的笑容里，

认出了你们私心的艳羡。

三十七

这比我的新人，

谁个温柔？

从炉面镂空的双喜字间，
吐出了一线蜿蜒的香篆。

三十八

你午睡醒来，
脸上印着红凹的簟纹，
怕是链子锁着的
梦魂儿吧？
我吻着你的香腮，
便吻着你的梦儿了。

三十九

我若替伊画像，
我不许一点人工产物
污秽了伊的玉体。
我并不是用画家的肉眼，
在一套曲线里看伊的美；
但我要描出我常梦着的伊——
一个通灵澈洁的裸体的天使！
所以为免除误会起见，
我还要叫伊这两肩上
生出一双翅膀来。
若有人还不明白，
便把伊错认作一只彩凤，
那倒没什么不可。

四十

假如黄昏时分，

忽来了一阵雷电交加的风暴，

不须怕得呀，爱人！

我将紧拉着你的手，

到窗口并肩坐下，

我们一句话也不要讲，

我们只凝视着

我们自己的爱力

在天边碰着，

碰出些金箭似的光芒，

炫瞎我们自己的眼睛。

四十一

有酸的，有甜的，有苦的，有辣的。

豆子都是红色的，

味道却不同了。

辣的先让礼教尝尝！

苦的我们分着囫囵地吞下。

酸的酸得像梅子一般，

不妨细嚼着止止我们的渴。

甜的呢！

啊！甜的红豆都分送给邻家作种子吧！

四十二

我唱过了各样的歌儿，

单单忘记了你。

但我的歌儿该当越唱越新，越美。

这些最后唱的最美的歌儿，

　　一字一颗明珠，

　　一字一颗热泪，

我的皇后啊！

这些算了我赎罪的菲仪，

这些我跪着捧献给你。

大鼓师

我挂上一面豹皮的大鼓，
　　我敲着它游遍了一个世界，
我唱过了形形色色的歌儿，
　　我也听饱了喝不完的彩。

一角斜阳倒挂在檐下，
　　我蹑着芒鞋，踏入了家村。
"咱们自己的那只歌儿呢？"
　　她赶上前来，一阵的高兴。

我会唱英雄，我会唱豪杰，
　　那倩女情郎的歌，我也唱，
若要问到咱们自己的歌，
　　天知道，我真说不出的心慌！

我却吞下了悲哀，叫她一声，
　　"快拿我的三弦来，快呀快！
这只破鼓也忒嫌闹了，我要
　　那弦子弹出我的歌儿来。"

我先弹着一群白鸽在霜林里，

珊瑚爪儿踩着黄叶一堆；
然后你听那秋虫在石缝里叫，
　　忽然又变了冷雨洒着柴扉。

洒不尽的雨，流不完的泪，……
　　我叫声"浪子"！把弦子丢了，
"今天我们拿什么作歌来唱？
　　歌儿早已化作泪儿流了！

"怎么？怎么你也抬不起头来？
　　啊！这怎么办，怎么办！……
来！你来！我兜出来的悲哀，
　　得让我自己来吻它干。

"只让我这样呆望着你，娘子，
　　像窗外的寒蕉望着月亮，
让我只在静默中赞美你。
　　可是总想不出什么歌来唱。

"纵然是刀斧削出的连理枝，
　　你瞧，这姿势一点也没有扭。
我可怜的人，你莫疑我，
　　我原也不怪那挥刀的手。

"你不要多心，我也不要问，
　　山泉到了井底，还往哪里流？
我知道你永远起不了波澜，

我要你永远给我润着歌喉。

"假如最末的希望否认了孤舟，
　　假如你拒绝了我，我的船坞！
我战着风涛，日暮归来，
　　谁是我的家，谁是我的归宿？

"但是，娘子啊！在你的尊前，
　　许我大鼓三弦都不要用；
我们委实没有歌好唱，我们
　　既不是儿女，又不是英雄！"

渔阳曲

白日的光芒照射着朱梦，
丹墀上默跪着双双的桐影。
宴饮的宾客坐满了西厢，
高堂上虎踞着他们的主人，
高堂上虎踞着威严的主人。

　　叮东，叮东，
　沉默弥漫了堂中，
　　又一个鼓手，
　　在堂前奏弄，
　这鼓声与众不同。
　　叮东，叮东，
　听！你可听得懂？
　听！你可听得懂？

银玉碟——尝不遍燕脯龙肝，
鸬鹚勺子泻着美酒如泉，
杯盘的交响闹成铿锵一片，
笑容堆皱在主人的满脸——
啊，笑容堆皱了主人的满脸。
　　叮东，叮东，
　这鼓声与众不同——

　　　它清如鹤唳，
　　　它细似吟蛩；
　　这鼓声与众不同。
　　　　叮东，叮东，
　　听！你可听得懂？
　　听！你可听得懂？

你看这鼓手他不像是凡夫，
他儒冠儒服，定然腹有诗书；
他宜乎调度着更幽雅的音乐，
粗笨的鼓棰不是他的工具，
这双鼓棰不是这手中的工具！
　　　　叮东，叮东，
　　这鼓声与众不同——
　　　像寒泉注涧，
　　　像雨打梧桐；
　　这鼓声与众不同。
　　　　叮东，叮东，
　　听！你可听得懂？
　　听！你可听得懂？

你看他敲着灵鼍鼓，两眼朝天，
你看他在庭前绕一道长弧线，
然后徐徐地步上了阶梯，
一步一声鼓，越打越酣然——
啊，声声的叠鼓，越打越酣然。
　　　　叮东，叮东，

这鼓声与众不同——

　　陡然成急切，

　　忽又变沉雄；

这鼓声与众不同。

　　叮东，叮东，

不同，与众不同！

不同，与众不同！

坎坎的鼓声震动了屋宇，

他走上了高堂，便张目四顾，

他看见满堂缩瑟的猪羊，

当中是一只磨牙的老虎。

他偏要撩一撩这只老虎。

　　叮东，叮东，

这鼓声与众不同；

　　这不是颂德，

　　也不是歌功；

这鼓声与众不同。

　　叮东，叮东，

不同，与众不同！

不同，与众不同！

他大步地跨向主人的席旁，

却被一个班吏匆忙地阻挡；

"无礼的奴才！"这班吏吼道，

"你怎不穿上号衣，就往前瞎闯？

你没穿号衣，就往这儿瞎闯？"

叮东，叮东，
这鼓声与众不同——
　　分明是咒诅，
　　显然是嘲弄；
这鼓声与众不同。
　　叮东，叮东，
听！你可听得懂？
听！你可听得懂？

他领过了号衣，靠近栏杆，
次第的脱了皂帽，解了青衫，
忽地满堂的目珠都不敢直视，
仿佛看见猛烈的光芒一般，
仿佛他身上射出金光一般。
　　叮东，叮东，
这鼓手与众不同；
　　他赤身露体，
　　他声色不动；
这鼓手与众不同。
　　叮东，叮东，
真个与众不同！
真个与众不同！

满堂是恐怖，满堂是惊讶，
满堂寂寞——日影在石栏杆下；
飞起了翩翩一只穿花蝶，
洒落了疏疏几点木樨花，

庭中洒下了几点木樨花。

　　叮东，叮东，
　这鼓手与众不同——
　　　莫不是酒醉？
　　　莫不是癫疯？
　这鼓手与众不同。
　　叮东，叮东，
　定当与众不同！
　定当与众不同！

苍黄的号褂露出一只赤臂，
头颅上高架着一顶银盔——
他如今换上了全副的装束，
如今他才是一个知礼的奴才，
如今他才是个知礼的奴才。
　　叮东，叮东，
　这鼓声与众不同——
　　　像狂涛打岸，
　　　像霹雳腾空；
　这鼓声与众不同。
　　叮东，叮东，
　不同，与众不同！
　不同，与众不同！

他在主人的席前左右徘徊，
鼓声愈渐激昂，越加慷慨；
主人停了玉杯，住了象箸，

主人的面色早已变作死灰，

啊，主人的面色为何变作死灰？

　　　叮东，叮东，

　　这鼓声与众不同——

　　　　擂得你胆寒，

　　　　挝得你发耸；

　　这鼓声与众不同。

　　　叮东，叮东，

　　不同，与众不同！

　　不同，与众不同！

猖狂的鼓声在庭中嘶吼，

主人的羞恼哽塞在咽喉，

主人将唤起威风，呕出怒火。

谁知又一阵鼓声扑上心头，

把他的怒火扑灭在心头。

　　　叮东，叮东，

　　这鼓声与众不同——

　　　　像鱼龙走峡，

　　　　像兵甲交锋；

　　这鼓声与众不同。

　　　叮东，叮东，

　　不同，与众不同！

　　不同，与众不同！

堂下的鼓声忽地笑个不止，

堂上的主人只是坐着发痴；

洋洋的笑声洒落在四筵，

鼓声笑破了奸雄的胆子——

鼓声又笑破了主人的胆子！

　　叮东，叮东，

　这鼓手与众不同——

　　　席上的主人

　　　一动也不动；

　这鼓手与众不同。

　　叮东，叮东，

　定当与众不同！

　定当与众不同！

白日的残辉绕过了雕楹，

丹墀上没有了双双的桐影。

无聊的宾客坐满了两厢，

高堂上呆坐着他们的主人，

高堂上坐着丧气的主人。

　　叮东，叮东，

　这鼓手与众不同——

　　　惩斥了国贼，

　　　庭辱了枭雄；

　这鼓手与众不同。

　　叮东，叮东，

　真个与众不同！

　真个与众不同！

七子之歌

名师导读

　　整个中国近代史可以说是一部屈辱的历史，翻开这历史一看，满纸都是丧权辱国，满纸都是割地赔款。看着那一次次被撕裂的祖国的版图，任何一个觉醒的中国人都会有切肤之痛。诗人痛苦、焦灼地注视着那一块块被异族霸占的土地，禁不住深情地呼唤它们，这样，便写了《七子之歌》。这是怎样的一组诗歌呢？

　　邶有七子之母不安其室，七子自怨自艾，冀以回其母心，诗人作《凯风》以愍之。吾国自尼布楚条约迄旅大之租让，先后丧失之土地，失养于祖国，受虐于异类，臆其悲哀之情，盖有甚于《凯风》之七子。因择其与中华关系最亲切者七地，为作歌各一章，以抒其孤苦亡告，眷怀祖国之哀忱，亦以励国人之奋兴云尔。国疆崩丧，积日既久，国人视之漠然。不见夫法兰西之 Alsace－Lorraine 耶？"精诚所至，金石能开。"诚能如斯，中华"七子"之归来，其在旦夕乎？

澳　门

你可知"妈港"不是我的真名姓？……
我离开你的襁褓太久了，母亲！
但是他们掳去的是我的肉体，

你依然保管着我内心的灵魂。
三百年来梦寐不忘的生母啊！
请叫儿的乳名，叫我一声"澳门"！

　　母亲！我要回来，母亲！

香 港

我好比凤阙阶前守夜的黄豹，
母亲呀，我身份虽微，地位险要。
如今狞恶的海狮扑在我身上，
啖着我的骨肉，咽着我的脂膏；
母亲呀，我哭泣号啕，呼你不应。
母亲呀，快让我躲入你的怀抱！

　　母亲！我要回来，母亲！

台 湾

我们是东海捧出的珍珠一串，
琉球是我的群弟，我便是台湾。
我胸中还氤氲着郑氏的英魂，
精忠的赤血点染了我的家传。
母亲，酷炎的夏日要晒死我了；
赐我个号令，我还能背城一战。

　　母亲，我要回来，母亲！

威海卫

再让我看守着中华最古的海，

155

这边岸上原有圣人的丘陵在。
母亲，莫忘了我是防海的健将，
我有一座刘公岛作我的盾牌。
快救我回来呀，时期已经到了！
我背后葬的尽是圣人的遗骸。
　　母亲！我要回来，母亲！

广州湾

东海和硇洲①是我的一双管钥，
我是神州后门上的一把铁锁。
你为什么把我借给一个盗贼？
母亲呀，你千万不该抛弃了我！
母亲，让我快回到你膝前来，
我要紧紧的拥抱着你的脚髁。
　　母亲！我要回来，母亲！

九　龙

我的胞兄香港在诉他的苦痛，
母亲呀，可记得你的幼女九龙？
自从我下嫁给那镇海的魔王，
我何曾有一天不在泪涛汹涌！
母亲，我天天数着归宁的吉日，
我只怕希望要变作一场空梦。
　　母亲！我要回来，母亲！

①硇洲，岛屿名。在广东雷州湾外。

名师点评

作者用比喻的修辞手法，将"东海和硇洲"比作"管钥"，将广州湾比作"铁锁"，形象生动地写出了"广州湾"地理位置的重要性。

名师点评

作者将"九龙"比作"幼女"，将侵略者比作"魔王"，表达出了侵略者的强大与邪恶，反衬出了祖国的弱小。展现出了诗人非凡的想象力。

旅顺大连

我们是旅顺，大连，孪生的兄弟。
我们的命运应该如何的比拟？——
两个强邻将我们来回的蹴踘，
我们是暴徒脚下的两团烂泥。
母亲，归期到了，快领我们回来。
你不知道儿们如何的想念你！

母亲！我们要回来，母亲！

思考探究

试着思考一下这两句诗有什么样的写作技巧，表达了诗人怎样的思想情感？

阅读鉴赏

这组诗整体构架是匀齐的，体现了闻一多所追求的建筑美。各节匀称，基本一致，句子也较为均齐。每个诗节都在结尾用同样的诗句"母亲！我要回来，母亲！"来闭合，从而体现了诗的旋律，加强了诗的节奏感，并使全诗的情绪在反复强化中被推向高潮。这首组诗的每一节七行，前六行都是整齐的长句，到最后一行则以短句收尾，使前六行积蓄的力量冲击到最后一句，使得它语调铿锵有力，从而产生一个小小的情绪高潮。这一高潮均匀地周期性出现，使全诗富有生命的力度和节奏。

知识拓展

1998年初，大型电视片《澳门岁月》的总编导在一次偶然翻阅闻一多诗集时，发现了《七子之歌》，即请祖籍广东中山的作曲家李海鹰为之谱曲。李海鹰一遍遍地吟诵闻一多的诗句，流着泪在一夜之间完成了曲子，他将潮汕民歌的特色融入其中，并从配器上也有意贴近闻一多生活的年代。于是，便有了今天这首被大家所喜爱的《七子之歌——澳门》。

《七子之歌——澳门》朴素真挚、深刻感人，曾于澳门回归时在华夏大地迅速传唱，引起了祖国同胞的强烈反响，大家听了这首歌后不禁潸然泪下，并把它看作迎接澳门回归的"主题曲"。

考题链接

1. 下列对有关文学常识的表述，不正确的一项是（　　）

A. 但丁是意大利人，他的代表作为《神曲》。我们熟知的"走自己的路，让别人去说吧"，就是但丁的名言。

B. 莎士比亚的四大悲剧《哈姆莱特》《奥赛罗》《罗密欧与朱丽叶》《麦克白》和他的喜剧《威尼斯商人》，都是世界文学名著。

C. 加西莫多是一个外表丑陋和内心美丽形成对比的敲钟人，是法国作家雨果《巴黎圣母院》中的人物。

D.《七子之歌》既唱出了国土沦丧的切肤之痛，又张扬了中华民族不屈不挠的优秀品质，意在唤起民众，抗外侮，兴中华。

2. 下列对有关文学常识的表述，不正确的一项是（　　）

A.《七子之歌》把澳门、香港、台湾等七个被割让、租借的地方比作祖国母亲被夺走的七个孩子，让他们来倾诉"失养于祖国，受虐于异类"的悲哀之情，构思十分巧妙。

B. 司汤达的代表作是长篇小说《红与黑》，这是法国批判现实主义文学的奠基作。小资产阶级个人主义者的典型于连，就是《红与黑》中的主人公。

C. 我们熟知的保尔·柯察金是奥斯特洛夫斯基的《钢铁是怎样炼成的》中的主人公，"人的生命只有一次"那段名言也出自这部长篇小说。

D. 莫泊桑是福楼拜的老师，他以写短篇小说闻名于世，他的《项链》《我的叔叔于勒》都是著名的短篇佳作，福楼拜的代表作是长篇小说《包法利夫人》。

长城下之哀歌

啊！五千年文化的纪念碑哟！
伟大的民族的伟大的标帜！……
哦，哪里是赛可罗坡的石城？
哪里是贝比楼？哪里是伽勒寺？
这都是被时间蠹蚀了的名词；
长城！肃杀的时间还伤不了你。

长城啊！你又是旧中华的墓碑，
我是这墓中的一个孤鬼——
我坐在墓上痛哭，哭到地裂天开，
可才能找见旧中华的灵魂，
并同我自己的灵魂之所在？……
长城啊！你原是旧中华的墓碑！

长城啊！老而不死的长城啊！
你还守着那九曲的黄河吗？
你可听见他那消沉的脉搏？
你的同僚怕不就是那金字塔？
金字塔，他虽守不住他的山河，
长城啊！你可守得住你的文化！

你是一条身长万里的苍龙，

你送帝轩辕升天去回来了，

偃卧在这里，头枕沧海，尾榻昆仑，

你偃卧在这里看护他的子孙。

长城啊！你可尽了你的责任？

怎么黄帝的子孙终于"披发左衽"！

你又是一座曲折的绣屏：

我们在屏后的华堂上宴饮——

日月是我们的两柱纱灯，

海水天风和着我们高咏，

直到时间也为我们驻辔流连，

我们便挽住了时间放怀酣寝。

长城啊！你为我们的睡眠担当保障；

待我们睡锈了我们的筋骨，

待我们睡忘了我们的理想，

盗贼们忽都爬过我们的围屏，

我们哪能御抗？我们只得投降，

我们只得归附了狐群狗党。

长城啊！你何曾隔阂了匈奴，吐蕃？

你又何曾障阻了辽、金、金、满？……

古来只有塞下的雪没马蹄，

古来只有塞上的烽烟云卷，

古来还有胡骢载着一个佳人，

抱着琵琶饮泣，驰出了玉关！……

唉！何须追忆得昨日的辛酸！
昨日的辛酸怎比今朝的劫数？
昨日的敌人是可汗，是单于，
都幸而闯入了我们的门庭，
洗尽腥膻，攀上了文明的坛府——
昨日的敌人还是我们的同族。

但是今日的敌人，今日的敌人，
是天灾？是人祸？是魔术？是妖氛？
哦，铜筋铁骨，嚼火漱雾的怪物，
运输着罪孽，散播着战争，……
哦，怕不要扑灭了我们的日月，
怕不要捣毁了我们的乾坤！

啊！从今哪有珠帘半卷的高楼，
镇日里睡鸭焚香，龙头泻酒，
自然歌稳了太平，舞清了宇宙？
从今哪有石坛丹灶的道院，
一树的碧荫，满庭的红日，——
童子煎茶，烧着了枯藤一束？

哪有窗外的一树寒梅，万竿斜竹，
窗里的幽人抚着焦桐独奏？
再哪有荷锄的农夫踏着夕阳，
歌声响在山前，人影没入山后？
又哪有柳荫下系着的渔舟，

和细雨斜风催不回去的渔叟？

哦，从今只有暗无天日的绝壑，
装满了幺小微茫的生命，
像黑蚁一般的，东西驰骋，——
从今只有半死的囚奴，鹄面鸠形，
抱着金子从矿坑里爬上来，
给吃人的大王们献寿谢恩。

从今只有数不清的烟突，
仿佛昂头的毒蟒在天边等候，
又像是无数惊恐的恶魔，
伸起了巨手千只，向天求救；
从今瞥着万只眼睛的街市上，
骷髅拜骷髅，骷髅赶着骷髅走。

啊！你们夸道未来的中华，
就夸道万里的秦岭蜀山，
剖开腹脏，泻着黄金，泻着宝钻；
夸道我们铁路络绎的版图，
就像是网脉式的楮叶一片，
停泊在太平洋的白浪之间。

又夸道，麇载归来的战舰商轮，
载着金的，银的，形形色色的货币，
镌着英皇乔治，美总统林肯，
各国元首的肖像，各国的国名；

夸道西欧的海狮，北美的苍隼，
俯首锻翮，都在上国之前请命。

你们夸道东方的日耳曼，
你们夸道又一个黄种的英伦，——
哈哈！夸道四千年文明神圣，
俯首帖耳的堕入狗党狐群！
啊！新的中华吗？假的中华哟！
同胞啊！你们才是自欺欺人！

哦，鸿荒的远祖——神农，黄帝！
哦，先秦的圣哲——老聃，宣尼！
吟着美人香草的爱国诗人！
饿死西山和悲歌易水的壮士！
哦，二十四史里一切的英灵！
起来呀，起来呀，请都兴起，——

请鉴察我的悲哀，做我的质证，
请来看看这明日的中华——
庶祖列宗啊！我要请问你们：
这纷纷的四万万走肉行尸，
你们还相信是你们的血裔？
你们还相信是你们的子孙？

神灵的祖宗啊！事到如今，
我当怨你们筑起这各种城寨，
把城内文化的种子关起了，

不许他们自由飘播到城外，
早些将礼义的花儿开遍四邻，
如今反教野蛮的荆棘侵进城来。

我又不懂这造物之主的用心，
为何那里摊着荒绝的戈壁，
这里架起一道横天的葱岭，
那里又停着浩荡的海洋，
中间藏着一座蓬莱仙境，
四周围又堆伏着魑魅猩猩？

最善哭的太平洋！只你那容积，
才容得下我这些澎湃的悲思。
最宏伟，最沉雄的哀哭者哟！
请和着我放声号啕地哭泣！
哭着那不可思议的命运，
哭着那亘古不灭的天理——

哭着宇宙之间必老的青春，
哭着有史以来必散的盛筵，
哭着我们中华的庄严灿烂，
也将永远永远地烟消云散。
哭啊！最宏伟，最沉雄的太平洋！
我们的哀痛几时方能哭完？

啊！在麦垄中悲歌的帝子！
春水流愁，眼泪洗面的降君！

历代最伤心的孤臣节士！
古来最善哭的胜国遗民！
不用悲伤了，不用悲伤了，
你们的丧失究竟轻微得很。

你们的悲哀算得了些什么？
我的悲哀是你们的悲哀之总和。
啊！不料中华最末次的灭亡，
黄帝子孙最彻底的堕落，
毕竟要实现于此日今时，
毕竟在我自己的眼前经过。

哦，好肃杀，好尖峭的冰风啊！
走到末路的太阳，你竟这般沮丧！
我们中华的名字镌在你身上；
太阳，你将被这冰风吹得冰化，
中华的名字也将冰得同你一样？
看啊！猖獗的冰风！狼狈的太阳！

哦，你一只大雕，你从哪里来的？
你在这铅铁的天空里盘飞；
这八达岭也要被你占了去，
筑起你的窠巢，蕃殖你的族类？
圣德的凤凰啊！你如何不来，
竟让这神州成了恶鸟的世界？

雹雪重载的冻云来自天涯，

推撞着，摩擦着，在九霄争路
好像一群激战的天狼互相鏖杀
哦，冻云涨了，滚落在居庸关下，
苍白的冻云之海弥漫了四野，——
哎呀！神州啊！你竟陆沉了吗？

长城啊！让我把你也来撞倒，
你我都是赘疣，有些什么难舍？
哦，悲壮的角声，送葬的角声，——
画角啊！不要哀伤，也不要诅骂！
我来自虚无，还向虚无归去，
这堕落的假中华不是我的家！

我是中国人

名师导读

　　闻一多的爱国不仅是一种道德情感，更是一种文化态度。他呼吁建立东方的文化优越感，并把这作为振奋民族精神的必要前提之一。因此，他的"我是中国人"的宣示不仅有其情感底蕴，更有其深刻的文化内涵。

我是中国人，我是支那人，

我是黄帝的神明血胤，

我是地球上最高处来的，

帕米尔便是我的原籍。

我的种族是一条大河，

我们流下了昆仑山坡，

我们流过了亚洲大陆，

我们流出了优美的风俗。

伟大的民族！伟大的民族！

五岳一般的庄严正肃，

广漠的太平洋的度量，

春云的柔和，秋风的豪放！

名师点评

诗人从三皇五帝说起，点明了中华文化悠久的历史渊源。

名师点评

诗人用排比的修辞手法，以大河做比喻，热情地讴歌了我们中华民族博大精深、源远流长的民族文化。

我们的历史可以歌唱，

他是尧时老人敲着木壤，

敲出来的太平的音乐，——

我们的历史是一节民歌。

我们的历史是一只金罍，

盛着帝王祀天的芳醴——

我们敬天我们顺天，

我们是乐天安命的神仙。

我们的历史是一掬清泪，

孔子哀悼死麒麟的泪；

我们的历史是一阵狂笑，

庄周、淳于髡、东方朔的笑。

我是中国人，我是支那人，

我的心里有尧舜的心，

我的血是荆轲、聂政的血，

我是神农、黄帝的遗孽。

我的智慧来得真离奇，

他是河马献来的馈礼；

我这歌声中的节奏，

原是九苞凤凰的传授。

我心头充满戈壁的沉默，

思考探究

结合本诗的内容主旨思考一下，"我们顺天""乐天安命"体现了我们怎样的文化特点？

名师点评

尧舜的心代表的是谦恭、爱人的仁人思想，荆轲、聂政代表的是中华文化中不畏强暴、勇于反抗的热血情怀。与上文的内容，共同表达出中华文化的丰富厚重。

名师点评

诗人借用"河图洛书"和"凤凰"的历史典故不仅增加了诗歌语言的雅趣，更增加了中华文化的神秘感和悠久感。

脸上有黄河波涛的颜色，
泰山的石霤滴成我的忍耐，
峥嵘的剑阁撑出我的胸怀。

我没有睡着！我没有睡着！
我心中的灵火还在燃烧；
我的火焰他越烧越燃，
我为我的祖国烧得发颤。

我的记忆还是一根麻绳，
绳上束满了无数的结梗；
一个结子是一桩史事——
我便是五千年的历史。

我是过去五千年的历史，
我是将来五千年的历史。
我要修葺这历史的舞台，
预备排演历史的将来。

我们将来的历史是一首歌，
还歌着海晏河清的音乐；
我们将来的历史是一杯酒，
又在金罍里给皇天献寿。

我们将来的历史是一滴泪，
我的泪洗尽人类的悲哀；
我们将来的历史是一声笑，

我的笑驱尽宇宙的烦恼。

我们是一条河，一条天河，
一派浑浑噩噩的光被——
我们是四万万不灭的明星，
我们的位置永远注定。

伟大的民族！伟大的民族！
我是东方文化的鼻祖，
我的生命是世界的生命，
我是中国人，我是支那人！

名师点评

诗人再次呼喊"我是中国人，我是支那人"，首尾呼应，增强了诗歌的整体性，强调了诗人作为一名中国人的自豪感，突出了诗人对祖国的赤子之心。

❧ 阅读鉴赏 ❧

这首诗情绪是激昂的，大部分诗行都以"我""我们"开头，抒情主体得到反复强化，主观色彩浓郁，充满自信昂扬的情绪。而且多用判断句式，这样主客体相融合，显示出主客体之间的联系是紧密而且不容置疑的。另外，诗人运用了一些定型化的包含着历史文化内涵的意象，如"泰山""黄河""麒麟"等，从而使这首诗具有民族文化特色。

❧ 知识拓展 ❧

帕米尔高原，波斯语，意为平顶屋。中国古代称葱岭。古丝绸之路在此经过。帕米尔高原地跨中国新疆西南部、塔吉克斯坦东南部、阿富汗东北部，是昆仑山、喀喇昆仑山、兴都库什山和天山交会的巨大山结。面积约 10 万平方千米。

考题链接

1.下列有关文学常识的表述，不正确的一项是（　　　）

A.《左传》《国语》都为编年体，《战国策》为国别体，《论语》为语录体，《孟子》为对话体。

B.唐代元和年间以白居易、元稹为首，提出了"文章合为时而著，歌诗合为事而作"的主张，倡导了"新乐府"。

C.在《我是中国人》中，诗人将目光转向了我们的历史文化，闻一多认为，中国是一个具有灿烂文明史的古国，值得我们骄傲，不必妄自菲薄。

D.法国的巴尔扎克、司汤达，英国的狄更斯，俄罗斯的果戈理、托尔斯泰，都是伟大的批判现实主义作家。

2.下列有关文学常识的表述，不正确的一项是（　　　）

A.表、书、本纪、世家、列传。这些都是司马迁写《史记》时所首创的纪传体史书的体裁。

B.冯梦龙编订的《喻世明言》《警世通言》《醒世恒言》，合称"三言"，其中就保存了不少宋元"话本"，也有不少明人的"拟话本"。至于"二拍"，即《初刻拍案惊奇》《二刻拍案惊奇》，则完全是明代凌濛初个人创作的白话短篇小说了。

C.《我是中国人》是一首对中华民族、对华夏文化的爱的颂歌。同时这首诗也反映出了当时闻一多思想中存在的国家主义倾向。

D.按照不同的标准，戏剧可分为不同的类别。比如曹禺的《雷雨》，从不同角度来看，它是悲剧、话剧、多幕剧、历史剧。

爱国的心

我心头有一幅旌旆
没有风时自然摇摆；
我这幅抖颤的心旌
上面有五样的色彩。

这心腹里海棠叶形
是中华版图的缩本；
谁能偷去伊的版图？
谁能偷得去我的心？

闻一多先生的书桌

名师导读

《闻一多先生的书桌》收录在诗集《死水》中，但这首诗与《死水》中的其他篇章颇为不同，极其轻松幽默，我们从中可以看到另一个侧面的闻一多。这首诗捕捉了诗人书案上杂乱无章的景致，上演了一场"文具争吵"的戏码。在诗人眼中，所有的物品都被"人格化"了，他们互相指责，彼此嗔怪，好不热闹。

忽然一切的静物都讲话了，
　忽然间书桌上怨声腾沸：
墨盒呻吟道"我渴得要死！"
　字典喊雨水渍湿了他的背；

信笺忙叫道弯痛了他的腰；
　钢笔说烟灰闭塞了他的嘴，
毛笔讲火柴烧秃了他的须，
　铅笔抱怨牙刷压了他的腿；
香炉咕喽着"这些野蛮的书
　早晚定规要把你挤倒了！"

名师点评

诗歌一开头，诗人利用自己出色想象力，将书桌上的所有静物都赋予了生命力，打破了常规的描写手法，令读者耳目一新。

思考探究

试着分析一下本节诗歌的写作特点，并体味诗人在诗文背后所表达出的思想情感。

大钢表叹息快睡锈了骨头；

　　"风来了！风来了！"稿纸都叫了；

笔洗说他分明是盛水的，

　　怎么吃得惯臭辣的雪茄灰；

桌子怨一年洗不上两回澡，

　　墨水壶说"我两天给你洗一回。"

"什么主人？谁是我们的主人？"

　　一切的静物都同声骂道，

"生活若果是这般的狼狈，

　　倒还不如没有生活的好！"

主人咬着烟斗咪咪的笑，

　　"一切的众生应该各安其位。

我何曾有意的糟蹋你们，

　　秩序不在我的能力之内。"

名师点评

"咪咪的笑"形象生动地刻画出了诗人和蔼可亲的人物形象。而后面三句诗，作者面对自己脏、乱、差的书桌还煞有介事向所有的"静物"解释、抚慰了一番，这种自嘲态度表达出了作者乐观、智慧的生活态度。

❀阅读鉴赏❀

　　在此诗中，诗人抒发的是从日常生活的琐屑小事中萌发的独特情趣与心境，从另一个角度侧面地展现了诗人不为人所熟悉的一面，一个立体的诗人形象就更完整地矗立在读者面前了。诗歌通过神态刻画及语言描写，使主人的形象丰满而生动。"主人咬着烟斗咪咪的笑""一切的众生应该各安其位。我何曾有意的糟蹋你们，秩序不在我的能力之内"诗人的神态及言语被惟妙惟肖地刻画了出来，很值得揣摩、品味。

知识拓展

笔洗是一种传统工艺品，属于文房四宝笔、墨、纸、砚之外的一种文房用具，是用来盛水洗笔的器皿，以形制乖巧、种类繁多、雅致精美而广受青睐。笔洗造型丰富多彩，情趣盎然，而且工艺精湛，形象逼真，作为文案小品，不但实用，更可以怡情养性，陶冶情操。传世的笔洗中，有很多是艺术珍品。笔洗有很多种质地，包括瓷、玉、玛瑙、珐琅、象牙和犀角等，基本都属于名贵材质。各种笔洗中，最常见的是瓷笔洗。

考题链接

1.下面各项关于文学常识的表述，错误的一项是（   ）

A.李白的《望天门山》、杜甫的《春夜喜雨》、白居易的《忆江南》，都充满了对现实生活、对祖国河山的热爱。

B.《闻一多先生的书桌》于1925年9月19日发表在《现代评论》上，后来收入在闻一多的诗集《死水》中。这首诗即是诗人对当时自己的废寝忘食、全神贯注地工作，做出的形象陈述。

C.陶渊明是西晋时的大诗人，其诗多写田园生活和隐逸情趣，风格自然冲淡，是中国田园诗之宗。

D.普希金和莱蒙托夫的诗篇揭开了19世纪俄国文学辉煌的序幕，他们的代表作《叶甫盖尼·奥涅金》和《当代英雄》塑造了俄国最早的"多余人"的形象。

2.下面各项关于文学常识的表述，错误的一项是（   ）

A.闻一多的《红烛》仿照郭沫若《女神》的体例，按内容的性质分为五篇：李白篇、雨夜篇、青春篇、孤雁篇、红豆篇。

B.德国文学家歌德的成名作是书信体小说《少年维特之烦恼》，这部小说中的男女主人公分别是绿蒂和维特。

C.李清照是我国古代最优秀的女词人之一，其词婉约清新，后期作品多写身世之感和家国之痛，尤其感人。

D.马雅可夫斯基是苏联著名的诗人，他写的诗叫楼梯诗，代表作是政治抒情诗《列宁》。

死 水

名师导读

诗人展开联想和想象，对死水给以描绘，并进行诅咒。这是为什么？因为在诗人的心目中，死水就是黑暗、腐败的旧中国的象征。闻一多说过："只有少数跟我很久的朋友（如梦家）才知道我有火，并且就在《死水》里感出我的火来。"面对不可救药的国家，诗人自然火气冲天，一旦死水的意象进入诗人的大脑，也就灵感迸发，写出了这首著名的诗歌。

这是一沟绝望的死水，
清风吹不起半点漪沦。
不如多扔些破铜烂铁，
爽性泼你的剩菜残羹。

也许铜的要绿成翡翠，
铁罐上锈出几瓣桃花；
再让油腻织一层罗绮，
霉菌给他蒸出些云霞。

名师点评

诗人将腐败不堪的旧社会中国比作一潭"死水"，而且是令人绝望的"死水"。将新鲜、先进的思想和事物比作"清风"，但是即便"清风"吹来，也唤不起"死水"半点活力，足见当时的旧中国是多么的腐败、落后，令人绝望。

让死水酵成一沟绿酒，

漂满了珍珠似的白沫；

小珠们笑声变成大珠，

又被偷酒的花蚊咬破。

那么一沟绝望的死水，

也就夸得上几分鲜明。

如果青蛙耐不住寂寞，

又算死水叫出了歌声。

这是一沟绝望的死水，

这里断不是美的所在，

不如让给丑恶来开垦，

看他造出个什么世界。

名师点评

"夸得上几分鲜明"，是诗人以反语的形式对旧中国腐朽颓败的丑陋面目予以的无情的嘲讽、愤怒和憎恶。

阅读鉴赏

这首诗节奏感极强，富有音乐美。具体地说，就是每行的音组数目都相等，都由四个音组构成，其中一个有三个音节，其余三个是两个音节，长短不齐，变化没有规律的自由诗就没有这种特殊的音调和谐的效果了。其次，《死水》五小节，每小节均是四句，每一句又都是九个字，这样也形成了诗歌的"节的匀称和句的均齐"，即所谓的"建筑美"。

知识拓展

1922年，诗人闻一多怀着报效祖国的志向去美国留学。在异国的土地上，诗人尝到了华人被凌辱、歧视的辛酸。1925年，诗人怀着一腔强烈爱国之情和殷切的期望提前回国。然而，回国后呈现在他面前的祖国却是一幅令人极度失望的景象——军阀混战、帝国主义横行，以至于诗人的感情由失望、痛苦转至极度的愤怒。《死水》一诗就是在这种情况下创作出来的。

诗中的"一沟绝望的死水"是半殖民地半封建旧中国的象征。诗人抓住死水之"死"，节节逼近，把"绝望"的感情表现得淋漓尽致。诗的最后一节，既表现他对黑暗不存幻想，坚信丑恶产生不了美；但也并非心如死灰，发出"不如让给丑恶来开垦，看它造出个什么世界"的愤激之言。朱自清在《闻一多全集·序》中说："是索性让'丑恶'早些'恶贯满盈'，'绝望'里才有希望。"在绝望中饱含着希望，在冷峻里灌注着一腔爱国主义的热情之火，是这首诗的主题思想。

考题链接

1.下列对有关文学常识的表述，不正确的一项是（　　　）

A.俄国作家冈察洛夫的代表作为长篇小说《奥勃洛摩夫》，小说中的主人公奥勃洛摩夫已成为懒惰的代名词。

B.批判现实主义作家，在法国有司汤达、哈代、巴尔扎克等，在英国，有狄更斯、萨克雷、左拉、肖伯纳等。

C.闻一多的著名论文《诗的格律》是新诗格律派的艺术宣言，诗集《死水》则是新诗格律的一个成功示范。

D.荷马史诗《伊利亚特》和《奥德赛》，这两部作品被誉为古希腊的百科全书。

2.下列对有关文学常识的表述，不正确的一项是（　　　）

A.《死水》是闻一多的第二部诗集，初版于1928年1月，由新月书店印行；同时，《死水》又是诗集中的一首诗歌。

B.唐代的韩愈和柳宗元，倡导了一次古文运动，他们主张废弃六朝以后华而不实的骈俪文，而创作内容充实、形式自由的古文，即散文。

C.鲁迅先生的中篇小说《阿Q正传》百读不厌，其中的"正传"，是一种文学体裁，具体地说，是传记的一种。

D.魏晋南北朝时期的"志怪""志人"小说，比如东晋干宝的《搜神记》，由于情节结构比较简单、粗略，多截取人物的只言片语，被称为笔记小说。

一句话

闻一多是著名的爱国诗人，也正因为如此，他具有强烈的主人翁意识。但在20世纪初，国家虽然满目疮痍，但不属于民众。对此，闻一多自然忧心如焚。国家，只有属于民众，才有希望，才有光明的未来。这样，闻一多写下了《一句话》。

有一句话说出就是祸，
有一句话能点得着火。
别看五千年没有说破，
你猜得透火山的缄默？
说不定是突然着了魔，
突然青天里一个霹雳

　　爆一声：
　　"咱们的中国！"

这话教我今天怎么说？
我不信铁树开花也可，
那么有一句话你听着：
等火山忍不住了缄默，

名师点评

诗人以整齐的句式开头，富有节奏感，同时以比喻的修辞手法讲这句话比作"祸"和"火"，"祸"代表了统治阶级对民意的压迫，"火"代表了民意的蓄积和不可遏制。

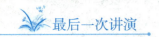

不要发抖，伸舌头，顿脚，

等到青天里一个霹雳

　　爆一声：

"咱们的中国！"

阅读鉴赏

　　本诗结构整齐，十六句分为两节，节与节，行与行，对仗工整。第一节和第二节的一至六行字数相等（九个字）；两节的最后三句用词也大致相同，有民歌式的复沓效果；就音节而言，两节中一至六句的音组结构大体相当（每句都大致分为三顿）；全诗一韵到底，让人感到节奏强烈、韵律铿锵。

知识拓展

　　通常人们都把少有的事比喻成铁树开花，好像见到铁树开花，就像看到昙花一现一样稀奇。事实上，树龄在十几岁以后的铁树，通常就会年年开花了。但是，因为铁树非常怕冷，只要气候不如它的意，它不仅长得又矮又小，甚至终年也不开一朵花。铁树又叫作"苏铁"，原本是生长在炎热的热带地区，它常在春夏之际开花，花开在顶上，有的开雄花，有的开雌花，但一株铁树上只开一种花。铁树的雄花长得非常大，就好像一根玉米芯一样。刚开的时候是鲜亮的黄色，逐渐成熟后会变成褐色。而雌花也不小，可以跟一颗排球一样大，在初开花时是灰绿色，后来渐渐也会变为褐色。正因为铁树的花与一般的花不同，所以就算铁树开了花，看到的人恐怕也认不出来。俗话说"铁树开花，哑人说话"，可想而知，铁树开花是件非常难得的事。

考题链接

1.下列对有关文学常识的表述，不正确的一项是（　　　　）

A.在《一句话》中，闻一多喊出了一句"能点得着火"的话，他感到了缄默的火山蕴藏的巨大力量，中国将是人民的。

B. 我国古代的诗歌有古体诗和近体诗的分别。近体诗有绝句、律诗、排律三种，绝句分五言绝句和七言绝句，律诗有五言律诗和七言律诗。

C. 词是诗歌的一种，最初是配合音乐来歌唱的，根据字数多少，可分为小令、中调、长调。其中58字以内的为小令，59~90字的为中调，91字以上的为长调。

D. 宋代文学家苏轼是个多面手，写得一手好诗，也能写一手好词，至于其所写的散文，也是脍炙人口。《东坡乐府》就是他的一部散文集。

2. 下列对有关文学常识的表述，不正确的一项是（　　　）

A. 《一句话》前六句句式整齐，末两句本可联成一句，但诗人有意拆成两句，于整齐中见参差，既突出了"咱们的中国！"这"一句话"，又具有视觉上的"建筑美"。

B. 红娘是王实甫《西厢记》中崔莺莺的使女，她为张生和崔莺莺穿针引线，使二人终成眷属。现在，红娘已经成为婚姻介绍人的代称。

C. 在毛泽东《在延安文艺座谈会上的讲话》指引下，解放区作家创作了一批优秀作品，如李季的《王贵与李香香》、赵树理的《小二黑结婚》。

D. 鲁迅写了许多杂文，编成了《二心集》《南腔北调集》《伪自由书》《故事新编》《华盖集续编》《且介亭杂文》等。

读后感

揪人心肺，感人至深
——《七子之歌》读后感

闻一多的《七子之歌》，读后谁不泪眼婆娑，为诗人近百年前的揪人心肺的声声呼唤所打动？这是一组壮丽的爱国主义诗篇。

闻一多为什么能够在1925年写出动人肺腑的组诗《七子之歌》？这需要了解他的人生经历。闻一多，1899年出生于湖北浠水的一个书香门第。1922年7月赴美留学。在留学期间，他看到了美国物质的繁荣，同时也感受到了民族压迫和种族歧视的严酷现实。后者激发他产生了爱国主义思想。在留学期间，学习的同时致力于新诗创作。1923年，出版了第一部诗集《红烛》。1928年，出版了第二部诗集《死水》。作为一个爱国主义者，自然会在诗歌中倾吐自己的爱国情愫。事实上，在闻一多的诗歌中，有相当一部分是爱国诗。这些诗充满着炽热的爱国情感，让人读后激动不已。

1946年7月11日，著名民主人士李公朴被国民党特务枪杀。7月15日，闻一多冒着生命危险，大义凛然地参加了李公朴的追悼会。我们现在读到的《最后一次讲演》，就是他在追悼会上所作的即兴演讲的记录稿。由于他怒斥了国民党反动派的法西斯暴行，当天被国民党匪徒用枪残酷杀害。毛泽东在《别了，司徒雷登》一文中高度评价闻一多，说："闻一多拍案而起，横眉怒对国民党的手枪，宁可倒下去，不愿屈服。"又说："我们应当写闻一多颂。"可以说，那是闻一多生命中的绝响，更是他一生中最瑰丽的诗歌。他生命中的绝响，为他能够写出揪人心肺的《七子之歌》，更是做了最准确的注脚。

其次，我们不妨结合其中的《澳门》给以具体欣赏，以获得亲身感受。

从 1553 年葡萄牙人在澳门设立居留地，到闻一多写《七子之歌》的 1925 年，时间长达 372 年，所以闻一多诗中有"三百年来"的说法。至于"妈港"，是外文 MACAU 的音译，故闻一多诗中有"你可知'妈港'不是我的真名姓"之语。

诗歌从自己的洋名写起，向祖国母亲倾诉自己的依恋之情：现在人们叫我"妈港"，可"妈港"不是我的真名姓。我被强盗掳走的时间已经很久了，慈爱的母亲你认一认我！接着是表白自己的心迹：母亲啊，我的灵魂仍属于你，任何人都不可能掳去，你可要相信自己的儿女！最后是殷切地期盼：三百年来，我连做梦都没有忘记你，请你叫一声儿的乳名"澳门"，我要回来！

诗人用第一人称来写，在诗歌中，"我"就是澳门，澳门就是"我"，而"我"是祖国的一个孩子，诗人以一个孩子的口吻，向祖国母亲发出声声回家的呼唤，自然能够让人动容。

第三，我们还可通览全诗，在此基础上，分析七首诗在形式上的特点，以此来探究本组诗感人肺腑的原因。《七子之歌》，除了《澳门》外，其他六首为《香港》《台湾》《威海卫》《广州湾》《九龙》《旅顺大连》，每首都是七句，都像《澳门》一样，以儿女的身份写来，且结尾也是"母亲！我要回来，母亲！"可以说，相同的结尾句，读来感觉一声高似一声，形成时代的最强音，在山谷中回荡，在大地上回响，从而在艺术上保证了本组诗感人的高品质。

【名师点评】

闻一多的《七子之歌》揪人心肺，是壮丽的爱国主义诗篇。作者从三个方面进行了分析。一是诗人的经历和思想方面。诗人本身是一个爱国主义者，而且最后还为之献身。爱国主义者的身份，保证了所写爱国主义诗歌的情真意切。其次，作者抓住其中的一首《澳门》，用解剖麻雀的方法，和我们具体讲述其为什么能够感人至深。最后，从本组诗共有的艺术特点入手进行分析。可以说，本文观点鲜明，论据充分，分析透彻。

这才是真实的闻一多

语文教材上选有闻一多的《最后一次讲演》。学习之后，闻一多顶天立地的形象也就立在了脑海中。他向在场的特务叫板："今天，这里有没有特务？你站出来！是好汉的站出来！"他无所畏惧，铁骨铮铮："我们随时像李先生一样，前脚跨出大门，后脚就不准备再跨进大门！"闻一多，一个让人敬佩的民主战士！

最近读了闻一多包含演讲、散文、杂文及诗歌合集的《最后一次讲演》，知道闻一多也是多面体，他有铁骨铮铮、顶天立地的一面，也有幽默风趣的一面；有深刻的一面，也有深情的一面。

幽默的闻一多

他有一首诗《闻一多先生的书桌》，其中第三、四小节是：

香炉咕喽着"这些野蛮的书
早晚定规要把你挤倒了！"
大钢表叹息快睡锈了骨头；
"风来了！风来了！"稿纸都叫了；

笔洗说他分明是盛水的，
怎么吃得惯臭辣的雪茄灰；
桌子怨一年洗不上两回澡，
墨水壶说"我两天给你洗一回。"

闻一多让书桌上的物品都开口说话，幽默诙谐，读来饶有风趣。如果闻一多没有幽默的细胞，又怎么能够写出这样别开生面的诗歌？

深情的闻一多

作为诗人的闻一多，对妻子一往情深，对祖国无比热爱。1923年寒假，远在美国留学的闻一多，得知自己的第一个孩子就要出世了，按捺不住内心的激动，一口气写了 42 首献给妻子的诗歌，用文字将自己对妻子的爱定格，这就是脍炙人口的《红豆》组诗。

爱国的闻一多

爱国诗篇，闻一多写得更多，有正面礼赞祖国的《我是中国人》，也有因爱而生恨，诅咒当时中国黑暗社会的《死水》。如果不是对自己的祖国无比热爱，又怎么会因看到社会的黑暗而痛心疾首？可以说，《死水》是从另一个角度表达对祖国的热爱。正因为闻一多爱国诗篇写得多，又包含感人真情，所以他才被称为爱国诗人。

【名师点评】

作者在阅读《最后一次讲演》后从多个方面给闻一多画像，这样，立在我们面前的闻一多，他铁骨铮铮，他幽默、深情、爱国。这才是一个真实的闻一多。作者分条来写，从而做到了层次清楚。作者用闻一多的作品来说话，也就做到了论据充实。

真题汇编

一、选择题

1.【2017年中考湖南怀化卷】下列句子中加点成语的使用恰当的一项是
（   ）

A."阳光校园，我们是好伙伴"系列活动的颁奖晚会上，学生们自编自演的节目绘声绘色，街舞、相声、小品等都赢得了阵阵掌声。

B.闻一多先生"说"了，说得真痛快、动人心、鼓壮志、气冲斗牛，声震天地！

C.两位阔别多年的老同学意外地在洪江古商城萍水相逢，别提有多高兴了。

D.这是一个脏乱差的居住小区，楼道里贴的像牛皮癣一样的各类小广告琳琅满目。

2.【2016年中考四川广安卷】下列句子中标点符号使用不符合规范的一项是（   ）

A. 大量事实证明：沉溺于网络会影响青少年的身心健康，所以我们要理性上网。

B. 参观邓小平故居，你是周末去呢，还是暑假去呢？

C. 做了再说，做了不说，这仅是闻一多先生的一个方面——作为学者的方面。

D. 中央电视台经济频道将组织完成以"健康生活"为主题的电视活动。

二、阅读题。

反动派暗杀李先生的消息传出后，大家听了都悲愤痛恨。我心里想，这些无耻的东西，不知他们是怎么想法？他们的心理是什么状态？他们的心怎样长的？（捶击桌子）其实很简单，（低沉渐高）他们这样疯狂地来制造恐怖，正是他们自己在慌啊！在害怕啊！所以他们制造恐怖，其实是他们自己在恐怖啊！特务们，你们想想，你们还有几天，你们完了，快完了！你们以为打伤几个，杀死几个，就可以了事，就可以把人民吓倒了吗？其实广大的人民是打不尽的，杀不完的，要是这样可以的话，世界上早没有人了。你们杀死一个李公朴，会有千百万个李公朴站起来！你们将失去千百万的人民！你们看着我们人少，没有力量。告诉你们，我们的力量大得很！多得很！看今天来的这些人，都是我们的人，都是我们的力量！此外还有广大的市民！我们有这个信心：人民的力量是要胜利的，真理是永远存在的。历史上没有一个反人民的势力不被人民毁灭的！希特勒，墨索里尼不都在人民之前倒下去了吗？翻开历史看看，你还站得住几天！你完了，快完了！我们的光明就要出现了。我们看，光明就在我们眼前，而现在正是黎明之前那个最黑暗的时候。我们有力量打破这个黑暗，争到光明！我们的光明，就是反动派的末日！（热烈的鼓掌）

1.选段中最能表现闻一多先生观点的是哪句话？

_____

_____

2.文中"你们""我们"各指的是谁？

你们：_____

我们：_____

3.试分析"你们杀死一个李公朴，会有千百万个李公朴站起来"一句话的含义。这句话表达了作者怎样的感情？

_____

_____

_____

4.这一选段中"黑暗"和"光明"的含义各是什么?

_____

_____

5.这段文字验证了《闻一多的说和做》中_____的方面。从中可以表现闻一多_____精神。

6.赏析下列语句。

(1)现在正是黎明之前那个最黑暗的时候。

_____

(2)人民的力量是要胜利的,真理是永远存在的。

_____

参考答案

- ## 兽·人·鬼

  1.D   2.C

- ## 最后一次讲演

  1.A   2.D

- ## 青岛

  1.D   2.C

- ## 时代的鼓手

  1.C   2.A

- ## 红烛

  1. C   2.C

- ## 红荷之魂

  1.B   2.A

- ## 七子之歌

  1.B   2.D

- ## 我是中国人

  1.A   2.D

- ## 闻一多先生的书桌

  1.C   2.B

- ## 死水

  1.B   2.C

- ## 一句话

  1.D   2.D

- ## 真题汇编

  一、1.B   2.A

  二、1.人民的力量是要胜利的，真理是永远存在的。

  2.“你们”是指国民党反动派及其帮凶，“我们”是指作者及爱国民众。

  3.杀害李公仆吓不倒人民，会有更多的人不畏牺牲，起来斗争。表达作者对敌人的愤恨和对革命必胜的信念。

  4.“黑暗”指反动统治，“光明”指人民解放。

  5.说 大无畏的革命

  6.（1）用比喻的修辞手法，表明反动派做垂死挣扎及斗争更加残酷。

  （2）表达了作者对人民的强大力量和革命必胜的坚定信心。